恐《きょう》怖《ふ》コレクター

巻《かん》ノ《の》二《に》　呪《のろ》いの鬼《おに》ごっこ

佐東《さとう》みどり　鶴田法男《つるたのりお》・作

よん・絵

角川つばさ文庫

しの♥はる♥あず（3）

あずみ

ねえねえ、顔《かお》のない子供《こども》って
本当《ほんとう》にいるのかな？

既読《きどく》2
18:31

春香《はるか》

あれってただの都市伝説《としでんせつ》でしょ？

18:32

忍《しのぶ》

この前《まえ》、お兄《にい》ちゃんの友達《ともだち》が
見《み》たって言《い》ってたよ

18:32

あずみ

マジで？　黒《くろ》いフードを
被《かぶ》ってるんだよね？

既読《きどく》2
18:34

春香《はるか》

私《わたし》は赤《あか》いフードを
被《かぶ》ってるって聞《き》いたよ！

18:35

忍《しのぶ》

黄色《きいろ》いフードを被《かぶ》ってたらしいよ

18:36

あずみ

黄色《きいろ》いフード!?

既読《きどく》2
18:36

春香《はるか》

そんなのはじめて聞《き》いた……

18:37

忍《しのぶ》

顔《かお》のない子供《こども》は何人《なんにん》かいるんだって。
それで鬼《おに》ごっこをしてるらしいよ

18:39

春香《はるか》

鬼《おに》ごっこ？

18:39

忍《しのぶ》

うん。だけど普通《ふつう》の鬼《おに》ごっことは
ちょっと違《ちが》うみたい

18:40

あずみ

既読《きどく》2
18:40

どう違《ちが》うの？

忍《しのぶ》

鬼《おに》に捕《つか》まったら……
死《し》んじゃうの――

18:41

あずみ

既読《きどく》2
18:41

ええ〜っ！！

春香《はるか》

18:41

忍《しのぶ》

顔《かお》のない子供《こども》たちは、何十年《なんじゅうねん》もずうっと……、
呪《のろ》いの鬼《おに》ごっこをしてるんだって

18:42

目《もく》次《じ》

人《じん》物《ぶつ》紹《しょう》介《かい》

千野《せんの》フシギ

都市《とし》伝説《でんせつ》を追《お》って町《まち》を旅《たび》する、なぞの少年《しょうねん》。赤《あか》いフードの付《つ》いた服《ふく》を着《き》ている。

千野《せんの》ヒミツ

フシギの双子《ふたご》の妹《いもうと》。都市《とし》伝説《でんせつ》を具現化《ぐげんか》する力《ちから》を持《も》つ。黒《くろ》いフードの付《つ》いた服《ふく》を着《き》ている。

1つ目《め》の町《まち》

チャーリーゲーム

紙《かみ》と鉛筆《えんぴつ》を使《つか》って、「チャーリー」と呼《よ》ばれる悪魔《あくま》を呼《よ》び出《だ》すゲーム。チャーリーはどんな質問《しつもん》にも答《こた》えてくれるが、気分《きぶん》が悪《わる》くなったり失神《しっしん》したりした子供《こども》がいるとの情報《じょうほう》もあり、海外《かいがい》ではこのゲームを禁止《きんし》している学校《がっこう》があるという。

「よし、みんな帰《かえ》ったみたいだね」

小島麻里《こじままり》は教室《きょうしつ》のドアの隙間《すきま》から廊下《ろうか》を見《み》ると、後《うし》ろにいる斉藤愛《さいとうあい》と佐久間《さくま》すみれにそう言《い》った。

放課後《ほうかご》。

6年《ねん》4組《くみ》の教室《きょうしつ》には、麻里《まり》たち3人《にん》だけが残《のこ》っていた。

麻里《まり》はもう一度《いちど》、廊下《ろうか》に誰《だれ》もいないのを確認《かくにん》するとドアを閉《し》めた。

そして、ランドセルの底《そこ》に隠《かく》して入《い》れてあったスマホを取《と》り出《だ》した。

「もう1回《かい》、あの動画《どうが》を見《み》て確認《かくにん》しようね。間違《まちが》えたら大変《たいへん》だし」

とスマホを操作《そうさ》する麻里《まり》は目当《めあ》ての動画《どうが》を見《み》つけると愛《あい》とすみれを見《み》た。

「心《こころ》の準備《じゅんび》はできた？」

「私《わたし》は大丈夫《だいじょうぶ》だよ！」

「わ、私《わたし》も……」

笑顔《えがお》で返事《へんじ》をする愛《あい》とは違《ちが》い、すみれは少《すこ》し不安《ふあん》そうな表情《ひょうじょう》を浮《う》かべている。

そんなすみれを見《み》て、麻里《まり》は首《くび》をかしげた。


「すみれちゃんが最初《さいしょ》に言《い》い出《だ》したんだからね。『チャーリーゲーム』をやってみたいって」


昨日《きのう》の下校時《げこうじ》。

住宅街《じゅうたくがい》の一角《いっかく》で3人《にん》は麻里《まり》のスマホを覗《のぞ》き込《こ》んでいた。液晶画面《えきしょうがめん》にはたまたま見《み》つけた海外《かいがい》の動画《どうが》が映《うつ》されていた。

それは、子供《こども》たちの間《あいだ》で流行《りゅうこう》している『チャーリーゲーム』という遊《あそ》びだった。

チャーリーというのは、メキシコの悪魔《あくま》の名前《なまえ》で、どんな質問《しつもん》にも『YES』と『NO』で答《こた》えてくれるという。

用意《ようい》するのは鉛筆《えんぴつ》と、『YES』『NO』を書《か》いた紙《かみ》。チャーリーは鉛筆《えんぴつ》を動《うご》かして『YES』を指《さ》したり『NO』を指《さ》したりして、答《こた》えるのだ。

やがて動画《どうが》を見終《みお》わった麻里《まり》たちは興味津々《きょうみしんしん》な表情《ひょうじょう》をしていた。

とくにすみれはスマホから目《め》を離《はな》さなかった。そして麻里《まり》のスマホなのに勝手《かって》にリプレイボタンを押《お》した。

「ちょっと、すみれちゃん……」

麻里《まり》が声《こえ》をかけると、すみれは動画《どうが》を見《み》ながらつぶやくように答《こた》えた。

「私《わたし》たちもやってみない？」

「え？」

麻里《まり》と愛《あい》は目《め》を見合《みあ》わせた。

「昨日《きのう》はまさか、すみれちゃんがあんなこと言《い》うとは思《おも》わなかったよね」

放課後《ほうかご》の誰《だれ》もいない6年《ねん》4組《くみ》の教室《きょうしつ》で、すみれを目《め》の前《まえ》にした麻里《まり》は愛《あい》にそう言《い》って同意《どうい》を求《もと》めた。

「ほんと」と愛《あい》はうなずいてからこう続《つづ》ける。

「すみれちゃんは『くねくね』とか『杉沢村《すぎさわむら》』とか、それに『顔《かお》のない子供《こども》』も全然《ぜんぜん》信《しん》じてなかったのにね」

麻里《まり》や愛《あい》は都市伝説《としでんせつ》や不思議《ふしぎ》なことが大好《だいす》きだったが、すみれはそういうのは全部嘘《ぜんぶうそ》だと言《い》っていままで興味《きょうみ》を示《しめ》さなかったのだ。

「それなのにどうして、チャーリーゲームだけは信《しん》じたの？」

麻里《まり》はそれが不思議《ふしぎ》で仕方《しかた》なかった。

すると、すみれは少《すこ》しおびえたような目《め》をしながら麻里《まり》の手《て》の中《なか》のスマホを見《み》て、ゆっくりと口《くち》を開《ひら》いた。

「その動画《どうが》は……本物《ほんもの》だと思《おも》ったの」

麻里《まり》は、自分《じぶん》の手《て》の中《なか》のスマホを見《み》た。

再生《さいせい》されていた動画《どうが》の鉛筆《えんぴつ》が質問《しつもん》を受《う》けて『YES』や『NO』を指《さ》していた。

誰《だれ》も手《て》を触《ふ》れていないのに鉛筆《えんぴつ》は動《うご》いている。

「そっか……。そうだよね。これを見《み》たら、さすがのすみれちゃんも信《しん》じるよね」

麻里《まり》は、これからはすみれも一緒《いっしょ》に不思議《ふしぎ》なことを楽《たの》しめると思《おも》い嬉《うれ》しくなった。

だが、すみれはひどくおびえた表情《ひょうじょう》をしたままだ。

「怖《こわ》がらなくて大丈夫《だいじょうぶ》だよ。私《わたし》も麻里《まり》ちゃんもいるんだからさ」

と、愛《あい》はほほ笑《え》んだが、すみれは相変《あいか》わらず不安《ふあん》げな表情《ひょうじょう》のままで愛《あい》を見返《みかえ》した。

「私《わたし》ね、昨日《きのう》ネットで、チャーリーゲームについて調《しら》べてみたの」

「調《しら》べる？　やり方《かた》とかを？」

愛《あい》が聞《き》くとすみれは大《おお》きく首《くび》を横《よこ》に振《ふ》った。

「ねぇ、愛《あい》ちゃん、チャーリーって悪魔《あくま》なんでしょ？」

「え？　あ、まぁ、悪魔《あくま》の名前《なまえ》だって言《い》われてるよね」

「私《わたし》ね、何《なん》だか怖《こわ》くなって調《しら》べてみたの。そしたらね、外国《がいこく》のある小学校《しょうがっこう》で、チャーリーゲームのせいである事件《じけん》が起《お》きたことが分《わ》かったの」

「ある事件《じけん》？」

麻里《まり》は思《おも》わず聞《き》き返《かえ》した。

すみれはうなずくと、麻里《まり》をじっと見《み》つめた。

「外国《がいこく》のある小学校《しょうがっこう》で、３人《にん》の女《おんな》の子《こ》が放課後《ほうかご》、チャーリーゲームをしたらしいの。スマホで動画《どうが》を見《み》て興味《きょうみ》をもったんだって。すると、チャーリーが急《きゅう》に怒《おこ》り出《だ》したの。ひとりだけ信《しん》じてない女《おんな》の子《こ》がいるって。それでチャーリーはね、彼女《かのじょ》たちを全員《ぜんいん》――、殺《ころ》しちゃったんだって」

「殺《ころ》した⁉」

「うん。持《も》っていた鉈《なた》で、３人《にん》の身体《からだ》をバラバラにして」

その言葉《ことば》に麻里《まり》は思《おも》わず喉《のど》をゴクリと鳴《な》らした。

すると、愛《あい》が口《くち》を開《ひら》いた。

「それってマジ？」

「ネットで調《しら》べたら出《で》てきた」

2人《ふたり》のやり取《と》りを聞《き》いていた愛《あい》は不安《ふあん》そうな表情《ひょうじょう》になった。

「ねえ、私《わたし》なんか怖《こわ》くなってきたかも……」

愛《あい》は都市伝説《としでんせつ》や不思議《ふしぎ》なことが好《す》きだったが、怖《こわ》いことは苦手《にがて》だったのだ。


「麻里《まり》ちゃん、愛《あい》ちゃん。それでも本当《ほんとう》に、チャーリーゲームをする？」


すみれの質問《しつもん》に、2人《ふたり》はうまく答《こた》えることができなかった。

しかし、麻里《まり》は首《くび》を大《おお》きく振《ふ》ると目《め》を見開《みひら》いた。

「今《いま》さらやめるなんて嫌《いや》よ！」

そう大《おお》きな声《こえ》で言《い》うと、麻里《まり》はあわててランドセルの中《なか》から1枚《まい》の紙《かみ》と2本《ほん》の新品《しんぴん》の鉛筆《えんぴつ》を取《と》り出《だ》した。

紙《かみ》には、真《ま》ん中《なか》に十字《じゅうじ》の線《せん》と、その十字《じゅうじ》で区切《くぎ》られた4つのマスが描《えが》かれている。

それぞれのマスには『ＹＥＳ』と『ＮＯ』の文字《もじ》が書《か》かれていた。

麻里《まり》はそれらを机《つくえ》の上《うえ》に置《お》いた。

「私《わたし》はチャーリーゲームをするの楽《たの》しみにしてたの。鉛筆《えんぴつ》だって新《あたら》しいのがなかったから、昨日《きのう》、家《いえ》に帰《かえ》ってから、もう一度《いちど》、買《か》いに行《い》ったんだよ」

麻里《まり》はそう言《い》ってすみれをジロリとにらむ。

「すみれちゃん。あなたがネットで見《み》たっていうその事件《じけん》、動画《どうが》とか写真《しゃしん》はあった？」

「えっ？　文章《ぶんしょう》だけだったけど」

「どこに書《か》いてあったの？」

「ええっと、よくは分《わ》からないけど、みんなが書《か》き込《こ》めるネットの掲示板《けいじばん》に」

「事件《じけん》が起《お》きたのはどこの国《くに》？」

「それは……書《か》いてなかったけど」

「小学校《しょうがっこう》の名前《なまえ》は？」

「それも……なかった」

「やっぱり！　だったらその事件《じけん》が本当《ほんとう》のことかどうかなんて分《わ》からないじゃない！」

その言葉《ことば》にすみれはうつむいた。

さらに麻里《まり》は話《はなし》を続《つづ》ける。

「つまり、誰《だれ》かがみんなを怖《こわ》がらせようとして嘘《うそ》を書《か》いただけかもしれないってことだよ。もし本当《ほんとう》のことだったら動画《どうが》とか写真《しゃしん》が載《の》ってるはずだもん」

愛《あい》が大《おお》きくうなずいた。

「そうか。たしかにそうだよね！　そもそもチャーリーゲームは世界中《せかいじゅう》で流行《はや》ってるんだから、そんな事件《じけん》があったら他《ほか》のみんながもっと騒《さわ》いでるはずだよね！」

「その通《とお》りだよ。毎日《まいにち》ネットを見《み》てる私《わたし》もそんな事件《じけん》、初《はじ》めて聞《き》いたもん」

3人《にん》の中《なか》でいちばんネットにくわしいのは麻里《まり》だった。もしそんな事件《じけん》があったなら自分《じぶん》が知《し》らないはずがない。

「だからそれは嘘《うそ》！　チャーリーゲームはそんな怖《こわ》いゲームじゃないのよ！」

麻里《まり》は強《つよ》い口調《くちょう》ですみれにそう言《い》った。

「そ、そう言《い》われたら……そうなのかも……」

麻里《まり》の話《はなし》に納得《なっとく》したのか、すみれがつぶやく。

それを聞《き》き、麻里《まり》は少《すこ》しばつの悪《わる》い顔《かお》をした。

「あ、ごめん。でも、大丈夫《だいじょうぶ》だよ。私《わたし》たちはみんなチャーリーの存在《そんざい》を信《しん》じてるわけだし。もし本当《ほんとう》にチャーリーが怒《おこ》って鉈《なた》で襲《おそ》ってきたら、私《わたし》と愛《あい》ちゃんが助《たす》けてあげる。だから、チャーリーゲームしよ！　そのために今日《きょう》3人《にん》で放課後《ほうかご》残《のこ》ったんでしょ！」

「うん、そうだよね……」

すみれは麻里《まり》のほうを見《み》ると、少《すこ》しだけ笑《え》みを見《み》せた。

「よし、やろっか」

「うん、やろう」

3人《にん》はもう一度《いちど》だけ廊下《ろうか》に誰《だれ》もいないことを確認《かくにん》すると、そっとドアを閉《し》めた。


チャーリーゲームのやり方《かた》はいたって簡単《かんたん》だった。

机《つくえ》の上《うえ》に十字《じゅうじ》の線《せん》と『YES』『NO』が書《か》かれた紙《かみ》を置《お》き、その十字《じゅうじ》の線《せん》に合《あ》わせて、2本《ほん》の長《なが》い鉛筆《えんぴつ》を重《かさ》ねて置《お》く。

そして、「チャーリー、チャーリー、アーユーヒア？（チャーリー、ここにいますか？）」と問《と》いかけ、鉛筆《えんぴつ》が『YES』のマスに動《うご》いたら、チャーリーを呼《よ》び出《だ》すのに成功《せいこう》したことになる。

あとは、聞《き》きたいことを質問《しつもん》していけば、チャーリーはそのたびに鉛筆《えんぴつ》を動《うご》かし、『YES』『NO』で答《こた》えてくれる。

ゲームを終《お》えるときは、「チャーリー、チャーリー、キャンウィストップ？（チャーリー、もうやめてもいいですか？）」と問《と》いかけ、鉛筆《えんぴつ》が『YES』のマスに動《うご》いたら終了《しゅうりょう》することができる。

もし『YES』が出《で》ない場合《ばあい》、「チャーリー、チャーリー、ゴーアウェイ！（チャーリー、帰《かえ》れ！）」と強《つよ》く言《い》い、紙《かみ》を破《やぶ》り捨《す》てれば、ゲームを強制的《きょうせいてき》に終《お》わらせることができる。

麻里《まり》たちは『YES』『NO』が書《か》かれた紙《かみ》を机《つくえ》の上《うえ》に置《お》き、それを囲《かこ》むようにイスに座《すわ》った。

「十字《じゅうじ》の線《せん》の上《うえ》に鉛筆《えんぴつ》を置《お》くんだよね？」

麻里《まり》はズレないように鉛筆《えんぴつ》を十字《じゅうじ》の線《せん》の上《うえ》に重《かさ》ねた。

「よし、用意《ようい》できた」

麻里《まり》はとなりに座《すわ》る愛《あい》を見《み》て、続《つづ》けて正面《しょうめん》に座《すわ》るすみれを見《み》る。

「2人《ふたり》とも、覚悟《かくご》はいい？」

その言葉《ことば》に愛《あい》とすみれはコクリと首《くび》を縦《たて》に振《ふ》る。

麻里《まり》はそれを見《み》て大《おお》きく息《いき》を吸《す》った。


「チャーリー、チャーリー、アーユーヒア？」


シンと静《しず》まり返《かえ》った教室《きょうしつ》に、麻里《まり》の声《こえ》が響《ひび》く。

3人《にん》は机《つくえ》の鉛筆《えんぴつ》を食《く》い入《い》るように見《み》つめた。


シーン……。


しかし、紙《かみ》の上《うえ》の鉛筆《えんぴつ》はまったく動《うご》かない。

「おかしいなぁ」

麻里《まり》は首《くび》をかしげた。

「やり方間違《かたまちが》えたんじゃない？」

愛《あい》の言葉《ことば》に、麻里《まり》は「合《あ》ってるはずだけど……」と答《こた》えた。

麻里《まり》たちは、もう一度《いちど》やってみることにした。

「チャーリー、チャーリー、アーユーヒア？」

シーン……。

だが、やはり鉛筆《えんぴつ》はピクリとも動《うご》かない。

「動画《どうが》だとちゃんと動《うご》いてたのに……」

麻里《まり》はどうして動《うご》かないのか分《わ》からず首《くび》をひねった。

「やっぱり嘘《うそ》だったのかな……」

愛《あい》が力《ちから》なく言《い》う。

そんな2人《ふたり》を見《み》てすみれが口《くち》を開《ひら》いた。

「もしかしたら、1回《かい》や2回《かい》じゃチャーリーの耳《みみ》に届《とど》かないのかも」

「えっ？」

「何回《なんかい》も呼《よ》べばきっと反応《はんのう》があるはずだよ」

すみれは、鉛筆《えんぴつ》を見《み》つめながらそう言《い》った。

「すみれちゃん……、さっきまであんなに怖《こわ》がってたのに」

「だけどその通《とお》りかも。スマホで見《み》た動画《どうが》もたしかそうだったよね？」

愛《あい》の言葉《ことば》を聞《き》き、麻里《まり》はその動画《どうが》のことを思《おも》い出《だ》した。

3人《にん》が見《み》た動画《どうが》では、外国《がいこく》の子供《こども》たちが何回《なんかい》もチャーリーの名前《なまえ》を呼《よ》び続《つづ》け、その呼《よ》び声《ごえ》に反《はん》応《のう》して鉛筆《えんぴつ》が動《うご》いたのだ。

「だからもう一度呼《いちどよ》んでみよ」

すみれの提案《ていあん》に、麻里《まり》は「そうだね！」と明《あか》るい声《こえ》で答《こた》えた。

3人《にん》は大《おお》きく息《いき》を吸《す》うと、机《つくえ》の上《うえ》の紙《かみ》を見《み》つめ、同時《どうじ》に言葉《ことば》を発《はっ》した。

「チャーリー、チャーリー、アーユーヒア？　チャーリー、チャーリー、アーユーヒア？　チャーリー、チャーリー、アーユーヒア？　チャーリー、チャーリー……」

3人《にん》は息《いき》が続《つづ》く限《かぎ》り、その言葉《ことば》を言《い》い続《つづ》ける。

4回《かい》、5回《かい》……。

麻里《まり》も、愛《あい》も、すみれも、なんだか楽《たの》しくなってきた。

6回《かい》……。

3人《にん》は手《て》を取《と》り合《あ》って言《い》い続《つづ》けた。

「チャーリー、チャーリー、アーユーヒア？」

すると――、

スウッ――。

と、十字《じゅうじ》に重《かさ》ねた鉛筆《えんぴつ》が、動《うご》いた!!

「ひぃ!」

愛《あい》は悲鳴《ひめい》を上《あ》げてイスから飛《と》び退《の》いた。

鉛筆《えんぴつ》はスウッと動《うご》くと、『YES』と書《か》かれたマスに止《と》まった。

「う、動《うご》いた……」

麻里《まり》がつぶやくと愛《あい》が恐《おそ》る恐《おそ》る戻《もど》ってきて鉛筆《えんぴつ》を覗《のぞ》き込《こ》んだ。

「本当《ほんとう》に動《うご》いた……」

麻里《まり》は愛《あい》とすみれを見回《みまわ》した。

「やった。やったあああ!!!」

麻里《まり》は2人《ふたり》の手《て》をにぎると大喜《おおよろこ》びした。

「すみれちゃん、本当《ほんとう》に動《うご》いたよ!」

すみれもにっこりとうなずいた。

「よし、次《つぎ》はどうする? 何《なに》か質問《しつもん》しなきゃ」

愛《あい》が嬉《うれ》しそうに2人《ふたり》にたずねる。

すると、麻里《まり》はほほ笑《え》みながら口《くち》を開《ひら》いた。

「まずは、チャーリーが本当《ほんとう》に何《なん》でも知《し》ってるか調《しら》べてみようよ」

「調《しら》べるって？」

「問題《もんだい》を出《だ》すの。その答《こた》えが合《あ》っていれば、チャーリーは何《なん》でも知《し》ってるってことになるでしょ」

「そっか！」

麻里《まり》は紙《かみ》をじっと見《み》つめると、ゆっくりとチャーリーに質問《しつもん》した。


「チャーリー、チャーリー、1＋1は、『2』ですか？」

麻里《まり》は念《ねん》のため、同《おな》じ質問《しつもん》をもう一度《いちど》言《い》った。

すると、5秒《びょう》ぐらいすぎた頃《ころ》、
スウッ――。

と、鉛筆《えんぴつ》が動《うご》き、『YES』と書《か》かれたマスに止《と》まった。

「正解《せいかい》だ！　麻里《まり》ちゃん、すごいよ！」

愛《あい》は目《め》を大《おお》きく開《ひら》き、大喜《おおよろこ》びしている。

「今《いま》のは簡単《かんたん》な問題《もんだい》だったから答《こた》えられたのかも。今度《こんど》はこの学校《がっこう》に通《かよ》ってなきゃ絶対《ぜったい》に分《わ》からない問題《もんだい》を出《だ》してみるね！」

麻里《まり》は続《つづ》けて、チャーリーに質問《しつもん》した。


「チャーリー、チャーリー、私《わたし》たちの担任《たんにん》の山川先生《やまかわせんせい》は、『女《おんな》』ですか？」


麻里《まり》は先《さき》ほどと同《おな》じようにその質問《しつもん》を2回続《かいつづ》けて言《い》った。

「これが分《わ》かったら、チャーリーは本当《ほんとう》に何《なん》でも知《し》ってるってことになるよね」

「だね、さすが麻里《まり》ちゃん！」

麻里《まり》は愛《あい》とともにワクワクしながら紙《かみ》を見《み》つめた。

すると、鉛筆《えんぴつ》がゆっくりと動《うご》き始《はじ》めた。


『NO』

鉛筆《えんぴつ》はそのマスの上《うえ》でピタリと止《と》まった。

麻里《まり》は目《め》を丸《まる》くして愛《あい》とすみれを見《み》た。

「あ、当《あ》たった……」

麻里《まり》たちの担任《たんにん》である山川先生《やまかわせんせい》は、『男《おとこ》』なのだ。

「やっぱりチャーリーは何《なん》でも知《し》ってるんだ！」

「うん！　麻里《まり》ちゃん、いっぱい質問《しつもん》しよ！」

麻里《まり》と愛《あい》は競《きそ》うように、チャーリーに質問《しつもん》をしていった。

質問《しつもん》は、学校《がっこう》のことから家族《かぞく》のこと、好《す》きな芸能人《げいのうじん》のことなど様々《さまざま》だった。

「今度《こんど》の算数《さんすう》のテストでいい点《てん》を取《と》れますか？」

「お母《かあ》さんに服《ふく》を買《か》ってもらえますか？」

「俳優《はいゆう》の山内《やまうち》さんはこれからもっと人気《にんき》がでますか？」

チャーリーは質問《しつもん》をされるたびに鉛筆《えんぴつ》を動《うご》かし、『YES』『NO』を答《こた》えていった。

やがて、麻里《まり》と愛《あい》がチャーリーにした質問《しつもん》は10個《こ》以上《いじょう》になった。

「あとはね〜。う〜んと……」

だが、さすがにもう質問《しつもん》することがなくなったのか、愛《あい》は困《こま》った表情《ひょうじょう》を浮《う》かべる。

「麻里《まり》ちゃん、どうしよう。もう聞《き》くことがないよ。あ、そうだ、私《わたし》たちはなにを質問《しつもん》したらいいですか？　って聞《き》いてみようか？」

「愛《あい》ちゃん、そんなの『ＹＥＳ』や『ＮＯ』じゃ答《こた》えられないでしょ」

と、口《くち》をとがらせた麻里《まり》はなぜかモジモジしていた。

「どうしたの？」

「チャーリーに、もう１つだけ聞《き》いてみたいことがあって……」

「なになに？」

「それはね……」

麻里《まり》の頬《ほお》が急《きゅう》に赤《あか》くなる。

「もしかして、好《す》きな人《ひと》のこと聞《き》こうとしてる？」

愛《あい》は勘付《かんづ》いてニヤリと笑《わら》った。

「うん。私《わたし》ね、田村《たむら》くんのことをずっと聞《き》いてみたいって思《おも》ってたんだ……」

田村《たむら》とは、となりのクラスの田村英和《たむらひでかず》のことである。

麻里《まり》とは5年生《ねんせい》のときに同《おな》じクラスで、今《いま》でも時々話《ときどきはなし》をする仲《なか》だった。

「知《し》らなかった。麻里《まり》ちゃんって田村《たむら》くんのこと好《す》きだったんだね」

「うん。けど向《む》こうがどう思《おも》ってるか分《わ》からなくて」

すると愛《あい》はしたり顔《がお》で、

「あ！」

と声《こえ》を上《あ》げた。

「なによ」

「だから、麻里《まり》ちゃん、やってみたかったんだぁ」

「なにを？」

「チャーリーゲーム」

麻里《まり》は目《め》を伏《ふ》せて、

「うん……」

と、か細《ぼそ》くうなずいた。

「よし、じゃあ聞《き》くしかないじゃん。チャーリーは何《なん》でも知《し》ってるから、きっと田村《たむら》くんの気持《きも》ちを教《おし》えてくれるはずだよ！」

愛《あい》は隣《となり》のすみれに同意《どうい》を求《もと》めた。

すみれは微《かす》かにほほ笑《え》んだ。

愛《あい》はその時《とき》、すみれが1つも質問《しつもん》をしていないことに気《き》づいた。

「そういえば、すみれちゃんさ」

愛《あい》がそう言《い》いかけた時《とき》に、意《い》を決《けっ》した麻里《まり》の声《こえ》が聞《き》こえた。

「チャーリー、チャーリー、田村《たむら》くんは私《わたし》のこと好《す》きですか?」

麻里《まり》は今《いま》までと同《おな》じように、その質問《しつもん》も2回繰《かいく》り返《かえ》した。


シーン……。


今《いま》まではすぐに動《うご》いた鉛筆《えんぴつ》が動《うご》かない。

「チャーリー、チャーリー、田村《たむら》くんは私《わたし》のこと好《す》きですか?」

もう一度《いちど》たずねた。だけど、鉛筆《えんぴつ》はまったく動《うご》かない。

「私《わたし》も聞《き》いてみる!」

愛《あい》も質問《しつもん》してみる。だが、動《うご》かない。

「もしかして、田村《たむら》くん、私《わたし》のことが嫌《きら》いなのかな……」

「そんなことないよ。もしそうだったら『NO』って答《こた》えるはずでしょ？」

「だけど動《うご》かないってことは、それよりももっと私《わたし》のこと嫌《きら》いってことなのかも」

そう言《い》う麻里《まり》の目《め》にみるみる涙《なみだ》が溢《あふ》れてきた。

すると、今《いま》までずっと黙《だま》っていたすみれが、ゆっくりと口《くち》を開《ひら》いた。


「さすがに、それは答《こた》えられないよ」


すみれが2人《ふたり》から視線《しせん》を外《はず》すようにしてうつむいていた。

「これ以上《いじょう》は悪《わる》い気《き》がするから、正直《しょうじき》に白状《はくじょう》するね」

すみれは申《もう》し訳《わけ》なさそうな表情《ひょうじょう》を浮《う》かべると、2人《ふたり》に向《む》かって頭《あたま》を下《さ》げた。

「ごめんなさい。……私《わたし》なの」

「へ？　なにが？」

愛《あい》はそれを聞《き》いても、まだ意味《いみ》が分《わ》からなかった。

目《め》に涙《なみだ》をためた麻里《まり》もすみれを見《み》つめるだけだ。

「だからね、私《わたし》が『YES』『NO』を答《こた》えてたの。こうやって」


すみれは2人《ふたり》の前《まえ》で、フゥーッと息《いき》を吐《は》いた。

その瞬間《しゅんかん》、紙《かみ》の上《うえ》に置《お》かれた鉛筆《えんぴつ》がゆっくりと動《うご》き出《だ》す。

それを見《み》て、愛《あい》はハッと表情《ひょうじょう》を変《か》えた。

「もしかして、今《いま》まで質問《しつもん》に答《こた》えてたのは、全部《ぜんぶ》、すみれちゃんだったの？」

愛《あい》の問《と》いに、すみれは小《ちい》さくうなずいた。


すみれは麻里《まり》や愛《あい》と違《ちが》って、都市伝説《としでんせつ》や不思議《ふしぎ》なことを信《しん》じていなかった。

チャーリーゲームの動画《どうが》を見《み》ても、その気持《きも》ちは変《か》わらなかった。

「あのとき、何度《なんど》も何度《なんど》も動画《どうが》を見《み》てたのは、絶対《ぜったい》トリックがあるはずだって考《かんが》えたからなの。

それでよおく見《み》て、もしかしたら息《いき》を吹《ふ》いて動《うご》かしてるのかもって思《おも》ったの」

すみれはそれを2人《ふたり》の前《まえ》で披露《ひろう》したくて、わざと信《しん》じたフリをすることにした。

「私《わたし》たちもやってみない？」と言《い》ったのは、そのための嘘《うそ》だったのだ。

「実際《じっさい》やってみて、２人《ふたり》とも本当《ほんとう》に動《うご》いたって思《おも》ったでしょ？」

「まさかすみれちゃんが息《いき》を吹《ふ》きかけてたなんて……」

愛《あい》は愕然《がくぜん》とつぶやき、「でも、どうして……？」と続《つづ》ける。

「たぶん、無意識《むいしき》のうちに息《いき》を吹《ふ》きかけている場合《ばあい》もあると思《おも》うの。みんながみんな騙《だま》そうとしているわけじゃないと思《おも》うから。だけど、チャーリーっていう悪魔《あくま》が質問《しつもん》に答《こた》えてるっていうのは絶対嘘《ぜったいうそ》だと思《おも》うんだ。そんなのやっぱり存在《そんざい》しないんだよ」

すみれははっきりとした口調《くちょう》でそう言《い》った。

「だけど、どうしてそのことをバラそうと思《おも》ったの？」

ふと、愛《あい》がたずねた。

「麻里《まり》ちゃんに悪《わる》いと思《おも》って……。さすがに田村《たむら》くんが麻里《まり》ちゃんのことをどう思《おも》っているのかなんて分《わ》かんないし、嘘《うそ》の答《こた》えも言《い》いたくないと思《おも》って……」

すみれは頭《あたま》を下《さ》げ、改《あらた》めて２人《ふたり》に謝《あやま》った。

本当《ほんとう》に麻里《まり》たちに悪《わる》いことをしてしまったと思《おも》っているようだ。

「私《わたし》はただ、チャーリーゲームが嘘《うそ》だっていうことを２人《ふたり》に分《わ》かって欲《ほ》しかったの。ネットには色《いろ》んな噂《うわさ》があるけど、たとえ動画《どうが》や写真《しゃしん》があっても、それがすべて本当《ほんとう》のことだとは限《かぎ》らないでしょ？」

「だけど、ちょっと待《ま》って」

麻里《まり》がすみれの言葉《ことば》をさえぎる。

「すみれちゃんが言《い》ってた外国《がいこく》の小学校《しょうがっこう》の事件《じけん》は？　信《しん》じていない女《おんな》の子《こ》がいたせいでチャーリーが怒《おこ》って鉈《なた》で彼女《かのじょ》たちをバラバラにしたっていう」

「ああ、あれは」

すみれはまた申《もう》し訳《わけ》なさそうな顔《かお》になった。

「ごめん。あれも嘘《うそ》。麻里《まり》ちゃんと愛《あい》ちゃんを怖《こわ》がらせようと思《おも》って」

「ええ～!?」

麻里《まり》と愛《あい》は素《す》っ頓狂《とんきょう》な声《こえ》をあげた。

「もしあのまま2人《ふたり》が怖《こわ》がってたら、チャーリーゲームをする前《まえ》にトリックをバラそうと思《おも》ってたんだよ。だけど麻里《まり》ちゃんが『今《いま》さらやめるなんて嫌《いや》よ！』って言《い》うから、それで仕方《しかた》なくゲームをすることにして……」

「も～、なによそれ～」

麻里《まり》と愛《あい》は思《おも》わず呆《あき》れる。

「じゃあ、ネットの掲示板《けいじばん》にも、そんな事件《じけん》のことは書《か》いてなかったってこと？」

麻里《まり》の問《と》いに、すみれは苦笑《にがわら》いしながらうなずいた。

「誰《だれ》も鉈《なた》でバラバラになんかされてないの。だって、チャーリーなんていないからね」


帰《かえ》り道《みち》。

すみれは麻里《まり》と愛《あい》に何度《なんど》も謝《あやま》った。

「本当《ほんとう》にごめんね。おわびに今度《こんど》マンガ貸《か》すから」

「私《わたし》はゲームも貸《か》して欲《ほ》しいな～」

「分《わ》かった。麻里《まり》ちゃんにはゲームとマンガを貸《か》すから」

「それと……2人《ふたり》とも、田村《たむら》くんのことは内緒《ないしょ》にしてね」

「もちろん！　3人《にん》だけの秘密《ひみつ》だよ！」

すみれと愛《あい》はそう答《こた》えた。

やがて、すみれは交差点《こうさてん》で2人《ふたり》と別《わか》れ、ひとり家《いえ》へと帰《かえ》っていった。

(は～、許《ゆる》してくれて良《よ》かった。やっぱり、この世《よ》に都市伝説《としでんせつ》とか不思議《ふしぎ》なことなんかないんだよね)

すみれはそんなことを考《かんが》えながら路地《ろじ》を歩《ある》いた。


「やっとみつけた――」


突然《とつぜん》、声《こえ》がした。

顔《かお》を上《あ》げると、目《め》の前《まえ》に見知《みし》らぬ少年《しょうねん》が立《た》っていた。

同《おな》じ歳《とし》ぐらいだろうか。

「ええっと、あなたは？」

「キミはさっき、チャーリーゲームをしたよね？」

すみれの問《と》いには答《こた》えず、少年《しょうねん》は淡々《たんたん》とたずねた。

「え？　どうして…？」

教室《きょうしつ》にはすみれたち3人《にん》しかいなかった。

もしかして廊下《ろうか》から見《み》ていたのだろうか。

しかしこんな少年《しょうねん》を学校《がっこう》で見《み》たことがない。

首《くび》をかしげるすみれをよそに、少年《しょうねん》は話《はなし》を続《つづ》けた。

「チャーリーは怒《おこ》ってるよ。キミがチャーリーを信《しん》じてないから」

「チャーリーが怒《おこ》ってる？」

すみれは眉《まゆ》をひそめた。

「何言《なにい》ってるの！　それは私《わたし》が麻里《まり》ちゃんたちを驚《おどろ》かすために言《い》った嘘《うそ》よ。もしかして、2人《ふたり》に仕返《しかえ》しを頼《たの》まれたの？」

すみれが語気《ごき》を荒《あら》らげると、少年《しょうねん》はゆっくりと首《くび》を横《よこ》に振《ふ》った。

「本来《ほんらい》はただのゲームだったのかもしれない。だけどキミのやったのは、ヒミツの仕組《しく》んだチャーリーゲームなんだ」

「ヒミツ？」

すみれは意味《いみ》が分《わ》からない。

しかし、赤《あか》いフードの奥《おく》に見《み》える少年《しょうねん》の顔《かお》は真剣《しんけん》だった。

「キミはチャーリーに狙《ねら》われてる。チャーリーは自分《じぶん》を信《しん》じない人間《にんげん》を許《ゆる》さない」

少年《しょうねん》はすみれをじっと見《み》つめながら、少《すこ》しずつ近《ちか》づいてきた。

「来《こ》ないで！」

すみれは怖《こわ》くなり、思《おも》わず1歩《ぽ》下《さ》がった。

「あなた何者《なにもの》なの？」

「キミはただ、そこに立《た》っていればいい」

少年《しょうねん》はそう言《い》って、フード付《つ》きのコートのポケットに手《て》を入《い》れた。

それを見《み》たすみれはハッとなった。

「ポケットに入《はい》ってるのはなに？　鉈《なた》？　鉈《なた》なの？　うそ、チャーリーなんているわけない

っ！」

少年《しょうねん》はポケットの中《なか》から手《て》を出《だ》そうとするが、それよりも早《はや》くすみれは走《はし》り出《だ》した。

「まて！　僕《ぼく》はチャーリーじゃない。僕《ぼく》の名前《なまえ》は……千野《せんの》フシギ……」

だが、すみれの姿《すがた》はもうない。

フシギは、ポケットから出《だ》した真《ま》っ赤《か》な手帳《てちょう》を見《み》た。


すみれは、家《いえ》へと帰《かえ》ってきた。

玄関《げんかん》に飛《と》び込《こ》むと、すぐに鍵《かぎ》を閉《し》めた。

「あら、お帰《かえ》り」

キッチンから母親《ははおや》の声《こえ》が聞《き》こえる。

「お母《かあ》さん！」

すみれは助《たす》けを求《もと》めてキッチンに駆《か》け込《こ》んだ。

「お母《かあ》さん、さっき変《へん》な男《おとこ》の子《こ》に会《あ》ったの！」

母親《ははおや》は夕食《ゆうしょく》を作《つく》っていた。

トントントン、トントントントン。

包丁《ほうちょう》で何《なに》かを切《き》っている。

「ねえ、お母《かあ》さん！」

すみれは料理《りょうり》を作《つく》る母親《ははおや》の背中《せなか》に向《む》かって叫《さけ》ぶ。

「変《へん》な男《おとこ》の子《こ》ねえ」

トントントン、トントントン。

「それは大変《たいへん》だったわねえ」

トントントン、トントントン。

「ちょっとお母《かあ》さん！　料理《りょうり》をするのやめて、ちゃんと私《わたし》の話《はなし》を聞《き》いて！」

すみれは母親《ははおや》に苛立《いらだ》ち、思《おも》わず怒鳴《どな》った。

プルルル、プルルル。

そのとき、リビングの電話《でんわ》が鳴《な》った。

いつもと違《ちが》う母親《ははおや》を気《き》にしつつすみれはリビングに向《む》かった。

電話《でんわ》のディスプレイを見《み》ると――『お母《かあ》さん』の文字《もじ》が表示《ひょうじ》されている。

意味《いみ》が分《わ》からない。

だが、とりあえず電話《でんわ》に出《で》ようとすみれは受話器《じゅわき》に手《て》を伸《の》ばした。

その手《て》の甲《こう》には奇妙《きみょう》な形《かたち》のアザが出来《でき》ていた。

いつの間《ま》にかどこかにぶつけたのだろうか？

「もしもし……」

「ああ、すみれ、帰《かえ》ってたのね。ごめん、お母《かあ》さん、パートが長引《ながび》いちゃって。今日《きょう》は夕飯《ゆうはん》を買《か》って帰《かえ》るからひとりで留守番《るすばん》しててね」

「えっ？」

すみれは思《おも》わず振《ふ》り返《かえ》り、キッチンを覗《のぞ》き込《こ》んだ。

母親《ははおや》の背中《せなか》が見《み》える。

トントントン、トントントン。

「すみれ……？　どうしたの？」

電話《でんわ》から母《はは》の声《こえ》が聞《き》こえる。

トントントン、トントントン。

「チャーリーねえ」

トントントン、トントントン。

「本当《ほんとう》にいるのかしらねえ」

「……お母《かあ》さん？」

すみれは恐《おそ》る恐《おそ》るキッチンに近寄《ちかよ》った。

と、包丁《ほうちょう》を持《も》つ女《おんな》の手《て》がピタリと止《と》まった。

女《おんな》の背中越《せなかご》しに見《み》える手元《てもと》。

――その手《て》に握《にぎ》られていたのは包丁《ほうちょう》ではなかった。

それは、血《ち》だらけの鉈《なた》――。

「あら、お肉《にく》が足《た》りないわ。どこかにないかしら？」

女《おんな》はそう言《い》うと、ゆっくりと、こちらに顔《かお》を向《む》けた。

白《しろ》いボロボロの服《ふく》を着《き》て、
人形《にんぎょう》のようなものを引《ひ》きずりながら歩《ある》く女《おんな》。
だがそれは、人形《にんぎょう》ではなく人間《にんげん》だという。
自分《じぶん》が受《う》けたいじめにたいする恨《うら》みから、
子供《こども》を捕《つか》まえて引《ひ》きずりまわしていると噂《うわさ》されている。

2つ目《め》の町《まち》

ひきこさん

「どうしてアニメ消《け》しちゃったのよ！」

篠崎家《しのざきけ》のリビングに、志穂《しほ》の怒鳴《どな》り声《ごえ》が響《ひび》いた。

ソファーには弟《おとうと》の祐志《ゆうじ》がポテトチップスを食《た》べながら寝転《ねころ》んでいる。

祐志《ゆうじ》は顔《かお》を上《あ》げると、そばに立《た》っている志穂《しほ》のほうを見《み》た。

「ごめん。お姉《ねえ》ちゃん、もう観《み》たのかなって思《おも》って」

「観《み》てないよ！　これで3回目《かいめ》だよ、録画《ろくが》消《け》しちゃったの！」

「えっ、3回《かい》なんて消《け》してないよ。2回目《かいめ》だよ？」

「違《ちが》う、3回目《かいめ》よ！　ほんと、祐志《ゆうじ》ってサイテー！」

志穂《しほ》と祐志《ゆうじ》は1歳違《さいちが》いの姉弟《きょうだい》である。

志穂《しほ》が中学《ちゅうがく》2年生《ねんせい》で祐志《ゆうじ》が中学《ちゅうがく》1年生《ねんせい》。

昔《むかし》は仲《なか》が良《よ》かったが、最近《さいきん》はいつも喧嘩《けんか》ばかりしている。

原因《げんいん》は、祐志《ゆうじ》が志穂《しほ》の楽《たの》しみにしていたお菓子《かし》を勝手《かって》に食《た》べたり、彼女《かのじょ》のバスタオルで顔《かお》を拭《ふ》いたりするという、たわいもないことばかりだった。

しかし志穂《しほ》はそんな祐志《ゆうじ》を許《ゆる》せず、いつも怒《おこ》っていた。

「ちょっと志穂《しほ》。外《そと》にも声《こえ》が漏《も》れてたわよ」

買《か》い物《もの》から帰《かえ》ってきた母親《ははおや》がリビングに入《はい》って来《く》るなりそう言《い》う。

「姉弟《きょうだい》なんだからもう少《すこ》し仲良《なかよ》くしなさい」

「仲良《なかよ》く？」

志穂《しほ》はイラッとした。

「仲良《なかよ》くなんかできるわけないでしょ！　祐志《ゆうじ》なんか、この家《いえ》からいなくなればいいのよ！」

志穂《しほ》は祐志《ゆうじ》をにらむと、そのまま怒《おこ》りながらリビングを出《で》て行《い》った。


翌日《よくじつ》。

志穂《しほ》はテニス部《ぶ》の練習《れんしゅう》を終《お》え、夕方《ゆうがた》6時《じ》すぎに家《いえ》へ帰《かえ》ってきた。

「ただいま〜」

ラケットを玄関《げんかん》に置《お》き、靴《くつ》を脱《ぬ》ごうとする。

とそこへ、母親《ははおや》が駆《か》けてきた。

「ねえ、志穂《しほ》、祐志《ゆうじ》を見《み》なかった？」

「祐志《ゆうじ》？　リビングにいるんじゃないの？」

祐志《ゆうじ》は部活《ぶかつ》に入《はい》っておらず、いつも学校《がっこう》が終《お》わるとまっすぐ家《いえ》に帰《かえ》ってきていた。

夕食前《ゆうしょくまえ》にリビングで録画《ろくが》したアニメを見《み》ながらお菓子《かし》を食《た》べるのが日課《にっか》だったのだ。

だが、母親《ははおや》は首《くび》を横《よこ》に振《ふ》った。

「それがね、今日《きょう》はまだ学校《がっこう》から帰《かえ》ってきてないの」

「へえ、珍《めずら》しい。もしかしたら友達《ともだち》と遊《あそ》んでるのかも。スマホに電話《でんわ》してみれば？」

「それがいくらかけても出《で》ないのよ。電源《でんげん》を切《き》ってるみたいで」

「えっ？」

「あの子《こ》、今日《きょう》は朝《あさ》から元気《げんき》がなかったの。何《なに》か落《お》ち込《こ》んでたみたいで」

「落《お》ち込《こ》んでた？」

志穂《しほ》は昨日《きのう》のことを思《おも》い出《だ》した。

『仲良《なかよ》くなんかできるわけないでしょ！　祐志《ゆうじ》なんか、この家《いえ》からいなくなればいいのよ！』

（もしかして、私《わたし》が言《い》ったことを気《き》にして……）

志穂《しほ》は祐志《ゆうじ》がその言葉《ことば》にショックを受《う》けて、帰《かえ》ってこないのではと思《おも》った。

（まさかそんなことでね）

とはいえ気《き》になる。自分《じぶん》が思《おも》っている以上《いじょう》に祐志《ゆうじ》を傷《きず》つけてしまったのかもしれない。

「私《わたし》、ちょっと探《さが》してくる！」

志穂《しほ》は脱《ぬ》ぎかけの靴《くつ》を履《は》き直《なお》すと、あわてて外《そと》へと飛《と》び出《だ》した。


志穂《しほ》はとりあえず祐志《ゆうじ》が行《い》きそうな場所《ばしょ》を探《さが》すことにした。

まずは近所《きんじょ》の公園《こうえん》。

祐志《ゆうじ》はそこでよくベンチに座《すわ》って漫画《まんが》を読《よ》んでいた。

しかし、公園《こうえん》に祐志《ゆうじ》の姿《すがた》はない。

「他《ほか》には……」

志穂《しほ》は駅前《えきまえ》にあるコンビニに向《む》かう。

よく入《い》り口《ぐち》の駐車場《ちゅうしゃじょう》で同級生《どうきゅうせい》と喋《しゃべ》っていたのだ。

だが、コンビニにも祐志《ゆうじ》はいなかった。

（祐志《ゆうじ》、どこにいるの……？）

友達《ともだち》の家《いえ》だろうか？

それとも電車《でんしゃ》に乗《の》って他《ほか》の町《まち》に？

志穂《しほ》はふと、コンビニの向《む》こうにある駅前《えきまえ》を見《み》た。

すると、駅前《えきまえ》の横断歩道《おうだんほどう》を、祐志《ゆうじ》のクラスメイトの男《おとこ》の子《こ》が歩《ある》いているのが見《み》えた。

彼《かれ》は野球部《やきゅうぶ》に所属《しょぞく》していて、どうやら部活《ぶかつ》が終《お》わって帰《かえ》るところらしい。

「ねえ、待《ま》って！」

志穂《しほ》は男《おとこ》の子《こ》のもとへ駆《か》け寄《よ》った。

「祐志《ゆうじ》がどこにいるか知《し》らない？」

「あっ、祐志《ゆうじ》のお姉《ねえ》さん。祐志《ゆうじ》？　祐志《ゆうじ》ならさっき見《み》ましたよ」

「えっ、どこにいたの？」

「商店街《しょうてんがい》。あいつ、なんかフラフラ歩《ある》いてましたよ」

「ありがとう！」

志穂《しほ》は男《おとこ》の子《こ》に礼《れい》を言《い》うと商店街《しょうてんがい》へと向《む》かった。

商店街《しょうてんがい》は小《ちい》さな店《みせ》が立《た》ち並《なら》び、買《か》い物客《ものきゃく》でにぎわっている。

志穂《しほ》は店《みせ》の人《ひと》たちに祐志《ゆうじ》を見《み》なかったかたずねていった。

「祐志《ゆうじ》くん？　さあ、見《み》てないねえ」

「忙《いそが》しかったから分《わ》からないよ」

「人《ひと》がいっぱいいるから気《き》づかなかったねえ」

なかなか見《み》たという人《ひと》はいない。

祐志《ゆうじ》のクラスメイトが誰《だれ》かと見間違《みまちが》えただけなのだろうか？

しかし、5軒目《けんめ》に聞《き》いた八百屋《やおや》のおじさんが、「そう言《い》えば」と口《くち》を開《ひら》いた。

「中学生《ちゅうがくせい》の男《おとこ》の子《こ》が、さっき向《む》こうの路地《ろじ》のほうへひとりで歩《ある》いて行《い》ったのを見《み》たねえ。学校《がっこう》の鞄《かばん》に万歳《ばんざい》したようなロボットの人形《にんぎょう》がついてたよ」

(万歳《ばんざい》したロボットの人形《にんぎょう》？　それって絶対《ぜったい》に祐志《ゆうじ》だ！)

祐志《ゆうじ》がいつも観《み》ているアニメのキャラクターだった。

祐志《ゆうじ》はそれが好《す》きで学校用《がっこうよう》の鞄《かばん》につけていたのだ。

志穂《しほ》はおじさんの言《い》った路地《ろじ》へとあわてて走《はし》っていった。

商店街《しょうてんがい》がある大通《おおどお》りを少《すこ》し入《はい》ると、細《ほそ》い路地《ろじ》が入《い》り組《く》んだ住宅地《じゅうたくち》が広《ひろ》がっている。

時刻《じこく》は6時半《じはん》すぎ。

12月《がつ》の半《なか》ばで冷《つめ》たい風《かぜ》が吹《ふ》いている。

路地《ろじ》はすっかり日《ひ》が落《お》ち、街灯《がいとう》の明《あ》かりが地面《じめん》を照《て》らしていた。

「祐志《ゆうじ》……ねえ、どこにいるの？」

路地《ろじ》には誰《だれ》も歩《ある》いておらず、祐志《ゆうじ》の姿《すがた》もない。

(この路地《ろじ》に入《はい》って行《い》ったのは、本当《ほんとう》に祐志《ゆうじ》だったのかな？)

だんだん不安《ふあん》になってくる。

同時《どうじ》に、昨日《きのう》言《い》いすぎてしまったことを反省《はんせい》する。

「ねえ、お姉《ねえ》ちゃんが悪《わる》かったから返事《へんじ》してよ……」

(録画《ろくが》を消《け》したのが2回目《かいめ》か3回目《かいめ》かなんかで私《わたし》……)

志穂《しほ》はささいなことで怒《おこ》ってばかりいる自分《じぶん》を情《なさ》けなく思《おも》った。


ズズッ。ズズズッ。


道路《どうろ》の向《む》こうから、何《なに》かを引《ひ》きずる音《おと》が聞《き》こえてきた。

「なに？」

志穂《しほ》は前方《ぜんぽう》を見《み》つめた。

どうやら薄暗《うすぐら》い路地《ろじ》を誰《だれ》かが歩《ある》いてきているようだ。

街灯《がいとう》の明《あ》かりが当《あ》たっていないので、はっきりとその姿《すがた》は見《み》えないが、スカートを穿《は》いた大人《おとな》の女《おんな》の人《ひと》のようである。

女《おんな》の人《ひと》は志穂《しほ》のいるほうへゆっくりと歩《ある》いてきた。

しかし、何《なに》かがおかしい。


ズズッ。ズズズッ。


女《おんな》の人《ひと》が歩《ある》くたびに、不気味《ぶきみ》な音《おと》がするのだ。

(なんの音《おと》!?)

志穂《しほ》は目《め》を凝《こ》らして見《み》てみる。

女《おんな》の人《ひと》が街灯《がいとう》の明《あ》かりに照《て》らされる場所《ばしょ》までやって来《く》ると、わずかに姿《すがた》が見《み》えた。


「――えっ!?」

その姿《すがた》を見《み》た瞬間《しゅんかん》、志穂《しほ》はゾッとした。
女《おんな》は、腰《こし》まで伸《の》びた黒髪《くろかみ》で顔《かお》を覆《おお》い隠《かく》していた。
足《あし》はなぜか裸足《はだし》で、ボロボロの赤《あか》いコートを着《き》ている。
だがよく見《み》ると、それは赤《あか》いコートではない。
女《おんな》が着《き》ていたのは――、
血《ち》が飛《と》び散《ち》り真《ま》っ赤《か》に染《そ》まった白《しろ》いコートだった。

ズズッ。ズズズッ。

ゆっくりと歩《ある》く女《おんな》は、右手《みぎて》に何《なに》か大《おお》きなものを持《も》っていた。
それが引《ひ》きずられて音《おと》がしていたのだ。
(なに、あれ……?)
志穂《しほ》は背筋《せすじ》に冷《つめ》たいものを感《かん》じた。
女《おんな》はそんな志穂《しほ》に目《め》もくれず、まっすぐに前《まえ》を見《み》て横《よこ》を通《とお》りすぎようとする。

「きゃあああ！！！」

それまで口《くち》に手《て》を当《あ》てて堪《こら》えていた悲鳴《ひめい》が漏《も》れてしまった。

女《おんな》が引《ひ》きずっていたのは、表面《ひょうめん》がツルツルとした祐志《ゆうじ》そっくりな人形《にんぎょう》だったのだ。

(どういうこと⁉︎)

志穂《しほ》はあわてて、通《とお》りすぎた女《おんな》のほうを見《み》る。

すると、祐志《ゆうじ》そっくりな人形《にんぎょう》が、ロボットのマスコットがついた鞄《かばん》を持《も》っていることに気《き》づいた。

(あれは祐志《ゆうじ》だ！)

人形《にんぎょう》などではない。

志穂《しほ》はそう確信《かくしん》すると、祐志《ゆうじ》を引《ひ》きずりながら路地《ろじ》を曲《ま》がった女《おんな》を急《いそ》いで追《お》いかけた。

「祐志《ゆうじ》！　祐志《ゆうじ》っ！」

叫《さけ》びながら、女《おんな》が曲《ま》がった路地《ろじ》を同《おな》じように曲《ま》がる。

そこは、袋小路《ふくろこうじ》ですぐに行《い》き止《ど》まりになっている。

女《おんな》は袋小路《ふくろこうじ》に向《む》かってまっすぐ歩《ある》いていた。

「待《ま》って！　待《ま》ってってってば‼」

志穂《しほ》は女《おんな》を捕《つか》まえようと、さらに近《ちか》づいた。

「ねえ、止《と》まって！」

だが、女《おんな》はそんな志穂《しほ》を無視《むし》して、そのまままっすぐ袋小路《ふくろこうじ》の塀《へい》の壁《かべ》に向《む》かって歩《ある》き続《つづ》けた。

次《つぎ》の瞬間《しゅんかん》、
スウ――ッ。

女《おんな》は人形《にんぎょう》を引《ひ》きずったまま、壁《かべ》の中《なか》へと消《き》えた。

「そんな……」

志穂《しほ》はあわてて壁《かべ》を触《さわ》ってみたが、そこはただの壁《かべ》だった。

「祐志《ゆうじ》……」

志穂《しほ》はその場《ば》にぼう然《ぜん》と立《た》ち尽《つ》くしてしまった。


翌日《よくじつ》。

志穂《しほ》の両親《りょうしん》は警察《けいさつ》に祐志《ゆうじ》がいなくなったことを届《とど》け出《で》た。

両親《りょうしん》は祐志《ゆうじ》が家出《いえで》してしまったと思《おも》っているらしい。

そんな両親《りょうしん》や警察《けいさつ》に、志穂《しほ》は昨日《きのう》の出来事《できごと》を話《はな》した。

だが、誰《だれ》もその話《はなし》を信《しん》じてくれなかった。

「路地《ろじ》は行《い》き止《ど》まりだったんだろう？」

「それに祐志《ゆうじ》じゃなくて、祐志《ゆうじ》そっくりな人形《にんぎょう》だったんでしょう？」

両親《りょうしん》は志穂《しほ》がパニックを起《お》こして、幻覚《げんかく》を見《み》たと思《おも》っているようだった。

それは警察《けいさつ》も同《おな》じである。

それでも志穂《しほ》は、あれは祐志《ゆうじ》だったとみんなに訴《うった》え続《つづ》けた。

「そんなに言《い》うんだったら、一度《いちど》その路地《ろじ》を見《み》に行《い》きましょう」

志穂《しほ》があまりに必死《ひっし》に言《い》うので、警官《けいかん》が両親《りょうしん》にそう提案《ていあん》した。

両親《りょうしん》は困惑《こんわく》したが、とりあえず現場《げんば》に行《い》くことにした。


住宅地《じゅうたくち》にやって来《き》た一同《いちどう》は、志穂《しほ》の言《い》う袋小路《ふくろこうじ》の前《まえ》に立《た》った。

「ここで女《おんな》の人《ひと》が消《き》えたの！」

志穂《しほ》は袋小路《ふくろこうじ》の壁《かべ》を指《ゆび》さし、両親《りょうしん》たちに言《い》う。

「この壁《かべ》の中《なか》にねえ……」

警官《けいかん》は壁《かべ》をトントン叩《たた》いてみる。

「う〜ん、ただの壁《かべ》ですねえ」

「私《わたし》、本当《ほんとう》に見《み》たんです！　女《おんな》の人《ひと》が祐志《ゆうじ》を引《ひ》きずりながら壁《かべ》の中《なか》に消《き》えて行《い》ったんです！」

志穂《しほ》は必死《ひっし》に説明《せつめい》したが、誰《だれ》も信《しん》じてくれなかった。

「志穂《しほ》、ありがとう。もういいわ」

やがて、母親《ははおや》が志穂《しほ》の肩《かた》に手《て》を置《お》いて優《やさ》しく声《こえ》をかけた。

「あなたは疲《つか》れているのよ。祐志《ゆうじ》を探《さが》すのはお母《かあ》さんたちに任《まか》せて家《いえ》で休《やす》んでなさい」

「だけど！」

「いいから。ね、これ以上私《いじょうわたし》たちを心配《しんぱい》させないで」

「お母《かあ》さん……」

志穂《しほ》は母親《ははおや》に何《なに》も言《い》い返《かえ》すことができず、しかたなくひとりで先《さき》に家《いえ》へ帰《かえ》ることにした。

(幻覚《げんかく》なんかじゃない。本当《ほんとう》にいたんだもん……)

家《いえ》へと向《む》かいながら、志穂《しほ》は昨日《きのう》見《み》たあの女《おんな》と彼女《かのじょ》が引《ひ》きずっていた祐志《ゆうじ》のことを考《かんが》えていた。

(あれは人形《にんぎょう》なんかじゃない。きっと祐志《ゆうじ》が人形《にんぎょう》になっちゃったんだ。目《め》の前《まえ》で見《み》た私《わたし》には分《わ》かる。……だけど、あの女《おんな》は祐志《ゆうじ》を引《ひ》きずって、どこへ消《き》えたの？)

考《かんが》えれば考《かんが》えるほど分《わ》からなくなってしまう。

やがて、志穂《しほ》は駅前《えきまえ》まで戻《もど》ってきた。

踏《ふ》み切《き》りのそばを通《とお》り、家《いえ》のほうへと歩《ある》いて行《い》こうとする。

そのとき、踏《ふ》み切《き》りの向《む》こう側《がわ》に目《め》を奪《うば》われた。

「あれって……！」

思《おも》わず立《た》ち止《ど》まり、見《み》つめる。

踏《ふ》み切《き》りの向《む》こう側《がわ》に、赤《あか》いコートを着《き》た人《ひと》が一瞬《いっしゅん》見《み》えたのだ。

（もしかしてあの女《おんな》かも！）

「待《ま》って！」

志穂《しほ》は声《こえ》をあげると、踏《ふ》み切《き》りを駆《か》け抜《ぬ》けた。

赤《あか》いコートを着《き》た人物《じんぶつ》は、踏《ふ》み切《き》りのそばの大《おお》きな道路《どうろ》の角《かど》を曲《ま》がり、路地《ろじ》へと入《はい》っていった。

（逃《に》がさないわよ！）

志穂《しほ》は今度《こんど》こそ捕《つか》まえてやると思《おも》い、全力《ぜんりょく》で走《はし》った。

「ねえ、止《と》まりなさい!!」

角《かど》を曲《ま》がると同時《どうじ》に、志穂《しほ》が叫《さけ》ぶ。

その声《こえ》に反応《はんのう》したのか、赤《あか》いコートを着《き》た人物《じんぶつ》がピタリと止《と》まった。

「僕《ぼく》になんか用《よう》かい？」


「あっ……」

その人物《じんぶつ》は、血《ち》だらけのコートを着《き》た女《おんな》ではなかった。

赤《あか》い服《ふく》を着《き》て赤《あか》いフードを被《かぶ》っている見知《みし》らぬ少年《しょうねん》。

「ごめんなさい。人違《ひとちが》いだったみたい」

「人違《ひとちが》い？　もしかしてキミは、僕《ぼく》を黒《くろ》いフードを被《かぶ》った女《おんな》の子《こ》と見間違《みまちが》えたのかい？」

「えっ？」

首《くび》をかしげる志穂《しほ》を見《み》て、少年《しょうねん》はそうではないとすぐに気《き》づいたらしい。

そんな少年《しょうねん》に、志穂《しほ》は誰《だれ》と見間違《みまちが》えたのかを説明《せつめい》することにした。

「あなたが一瞬《いっしゅん》、弟《おとうと》を連《つ》れ去《さ》った血《ち》だらけのコートを着《き》た女《おんな》に見《み》えたの」

「血《ち》だらけのコートを着《き》た女《おんな》？」

「弟《おとうと》が人形《にんぎょう》みたいになって、その女《おんな》と壁《かべ》の中《なか》に消《き》えちゃったの」

志穂《しほ》は昨日《きのう》の出来事《できごと》を少年《しょうねん》に話《はな》した。

（こんな話《はなし》、この男《おとこ》の子《こ》も信《しん》じてくれないよね……）

話《はな》しながら志穂《しほ》はそう思《おも》う。

だが、少年《しょうねん》はアゴの下《した》に手《て》を当《あ》てて何《なに》かを考《かんが》えると、「それはたぶん」と口《くち》を開《ひら》いた。

「それはたぶん、『ひきこさん』だよ。キミの弟《おとうと》はひきこさんに連《つ》れ去《さ》られたんだ」

はじめて聞《き》く名前《なまえ》だ。

首《くび》をひねる志穂《しほ》をよそに、少年《しょうねん》は話《はなし》を続《つづ》けた。

「ひきこさんは町《まち》をさ迷《まよ》いながら、連《つ》れ去《さ》ることができる人間《にんげん》を探《さが》してるんだ。キミの弟《おとうと》は最《さい》近《きん》、何《なに》かに悩《なや》んでたんじゃないかい？」

「えっ？　う、うん……。私《わたし》が怒《おこ》っちゃったから、そのことで落《お》ち込《こ》んでたかも」

「ひきこさんは、弱《よわ》っている人間《にんげん》の心《こころ》の隙《すき》を突《つ》いて、その人《ひと》を人形《にんぎょう》にして動《うご》けなくしてしまうんだ」

「人形《にんぎょう》に⁉　じゃあやっぱりあれは！　だけどどういうこと？　人間《にんげん》を人形《にんぎょう》にするなんて何者《なにもの》なの？」

「彼女《かのじょ》は、都市伝説《としでんせつ》の怪物《かいぶつ》だ。人間《にんげん》を人形《にんぎょう》にして、異世界《いせかい》に連《つ》れ去《さ》ってしまうんだ」

異世界《いせかい》？

少年《しょうねん》はとても冗談《じょうだん》を言《い》っているようには思《おも》えない。

ひきこさんは、本当《ほんとう》に都市伝説《としでんせつ》の怪物《かいぶつ》なのだろうか？

恐《おそ》ろしくなった志穂《しほ》はなおさら祐志《ゆうじ》が心配《しんぱい》になった。

「ねえ、祐志《ゆうじ》はどうなったの？　もう異世界《いせかい》に連《つ》れて行《い》かれたの？」

少年《しょうねん》は首《くび》を小《ちい》さく横《よこ》に振《ふ》った。

「まだ、異世界《いせかい》への扉《とびら》は開《ひら》かれてないはずだ。扉《とびら》が開《ひら》かれるのは、月《つき》に1度《ど》、13日《にち》の午後《ごご》6時《じ》6分《ぷん》6秒《びょう》だけだから」

「えっ、それって今日《きょう》じゃない！　じゃあ、今日《きょう》のその時間《じかん》に祐志《ゆうじ》は——」

志穂《しほ》の言葉《ことば》に少年《しょうねん》はコクリとうなずいた。

「扉《とびら》ってどこにあるの？　そこに行《い》けば祐志《ゆうじ》を助《たす》けることができるの？」

6時《じ》まであと1時間《じかん》ほどだ。

一刻《いっこく》も早《はや》く助《たす》けに行《い》かなければ。

すると、少年《しょうねん》はスーッと手《て》を上《うえ》のほうへとあげ、ある場所《ばしょ》を指《ゆび》さした。

そこには、町外《まちはず》れにある山《やま》が見《み》える。

「あの山《やま》の斜面《しゃめん》には何《なに》があるんだ？」

「たしか大《おお》きな墓地《ぼち》が……」

「墓地《ぼち》には不思議《ふしぎ》な力《ちから》がある。異世界《いせかい》の扉《とびら》はきっとそこにあるはずだ」

昨日《きのう》、ひきこさんが消《き》えた袋小路《ふくろこうじ》の壁《かべ》を抜《ぬ》け、家《いえ》や道路《どうろ》を越《こ》えると、その先《さき》の山《やま》の斜面《しゃめん》に墓地《ぼち》が広《ひろ》がっている。

「じゃあ、祐志《ゆうじ》もあそこに……」

志穂《しほ》は少年《しょうねん》を見《み》つめた。

「お願《ねが》い、一緒《いっしょ》に来《き》て！　祐志《ゆうじ》を助《たす》けて！」

おそらく、親《おや》や警官《けいかん》に言《い》ってもまた信《しん》じてくれないだろう。

だからと言《い》って、ひとりで行《い》くのはあまりにも恐《おそ》ろしかった。

助《たす》けてくれるのは、ひきこさんのことにくわしい彼《かれ》しかいない。志穂《しほ》はそう思《おも》ったのだ。

しかし、少年《しょうねん》は首《くび》を横《よこ》にふった。

「残念《ざんねん》だけど、僕《ぼく》はこれから大切《たいせつ》な用事《ようじ》がある」

「えっ？」

「となり町《まち》であるものを回収《かいしゅう》するんだ」

少年《しょうねん》は真《ま》っ赤《か》な手帳《てちょう》を取《と》り出《だ》すと、それをじっと見《み》つめた。

「そんなのあとでもいいでしょ！」

「だめだ。ひきこさんはその気《き》になればいつでも回収《かいしゅう》できる。町《まち》をよくさ迷《まよ》ってるからね。だけど、僕《ぼく》が今《いま》からとなり町《まち》で回収《かいしゅう》しようと思《おも》っているものは、10年《ねん》に1度《ど》しかこの世《よ》に現《あらわ》れないいんだ」

志穂《しほ》は少年《しょうねん》が何《なに》を言《い》っているのかまったく分《わ》からなかったが、祐志《ゆうじ》を助《たす》けるのに協力《きょうりょく》をしてくれないことだけは理解《りかい》できた。


「だったら……、私《わたし》ひとりで祐志《ゆうじ》を助《たす》ける！」

志穂《しほ》は拳《こぶし》を強《つよ》く握《にぎ》り締《し》めた。

しかし、少年《しょうねん》は呆《あき》れた顔《かお》で志穂《しほ》を見《み》る。

「ひとりで？　それは無理《むり》だよ」

「どうして？」

「だって、ひきこさんに捕《つか》まった人間《にんげん》を助《たす》ける方法《ほうほう》は1つしかないから。——誰《だれ》かがその人物《じんぶつ》の身代《みが》わりになる。つまり、キミが弟《おとうと》を助《たす》けられる方法《ほうほう》は、キミがひきこさんに捕《つか》まるしかないんだ」

「そんな……」

祐志《ゆうじ》を助《たす》けるためには自分《じぶん》を犠牲《ぎせい》にしなければならない。

それは、自分《じぶん》が異世界《いせかい》へ連《つ》れ去《さ》られてしまうことを意味《いみ》していた。

「そんなのって……」

志穂《しほ》の身体《からだ》から力《ちから》が抜《ぬ》けそうになる。

だが次《つぎ》の瞬間《しゅんかん》、志穂《しほ》は歯《は》を食《く》いしばり、拳《こぶし》に力《ちから》を入《い》れ直《なお》すと、再《ふたた》び少年《しょうねん》の顔《かお》をにらむように見《み》つめた。

いつも祐志《ゆうじ》とは喧嘩《けんか》ばかりしている。

だが、喧嘩《けんか》をしかけるのは、決《き》まって志穂《しほ》だ。

祐志《ゆうじ》は人《ひと》と言《い》い争《あらそ》うのが苦手《にがて》な、優《やさ》しい心《こころ》の持《も》ち主《ぬし》だった。

『この家《いえ》からいなくなればいいのよ』なんて、絶対《ぜったい》に言《い》ってはいけない言葉《ことば》だったのだ。

祐志《ゆうじ》がひきこさんに捕《つか》まってしまったのは、ひどいことを言《い》ってしまった自分《じぶん》のせいだ――。

「祐志《ゆうじ》を助《たす》けなきゃ！」

大《おお》きな声《こえ》ではっきりと、志穂《しほ》は少年《しょうねん》にそう宣言《せんげん》した。

「異世界《いせかい》へ行《い》ったら二度《にど》と戻《もど》ってこれないんだよ」

「それでもいい！」

「異世界《いせかい》は苦《くる》しみしかない世界《せかい》だよ」

志穂《しほ》は少年《しょうねん》をまっすぐ見《み》つめた。

「祐志《ゆうじ》は大切《たいせつ》な弟《おとうと》なの！　だから絶対助《ぜったいたす》ける！」

志穂《しほ》はそう叫《さけ》ぶと、ひとりで墓地《ぼち》へと向《む》かう決心《けっしん》をするのだった。

夕方《ゆうがた》。

日《ひ》が落《お》ち町《まち》は真《ま》っ暗《くら》になっていた。

志穂《しほ》は町外《まちはず》れの山《やま》の斜面《しゃめん》にある墓地《ぼち》にひとりやってきていた。

時刻《じこく》は5時《じ》40分《ぷん》すぎ。

「6時《じ》6分《ぷん》6秒《びょう》まで、あと25分《ふん》ぐらい……」

志穂《しほ》はスマホで時間《じかん》を確認《かくにん》すると、墓地《ぼち》を見渡《みわた》す。

墓地《ぼち》は広《ひろ》く、シンと静《しず》まり返《かえ》っていた。

人《ひと》の姿《すがた》はない。

冬《ふゆ》の冷《つめ》たい風《かぜ》が強《つよ》く吹《ふ》いている。

山《やま》は町中《まちなか》よりもずっと寒《さむ》かった。

「祐志《ゆうじ》……」

志穂《しほ》はかじかむ手《て》に息《いき》を吹《ふ》きかけながら、異世界《いせかい》の扉《とびら》がどこにあるのか探《さが》すことにした。


その頃《ころ》。

となり町《まち》の古《ふる》い一軒家《いっけんや》に、少年《しょうねん》の姿《すがた》があった。

一軒家《いっけんや》は長《なが》い間《あいだ》空《あ》き家《や》になっていたようで、人《ひと》の気配《けはい》はない。

少年《しょうねん》はその家《いえ》の庭《にわ》にやってくると、一角《いっかく》を見《み》つめた。

そこには、小《ちい》さな水溜《みずたま》りができている。

雨《あめ》が降《ふ》っているわけではないのに、なぜか水溜《みずたま》りに、ポチョン、ポチョンと水滴《すいてき》が落《お》ちている。

(この水溜《みずたま》りができるまでちょうど10年《ねん》。今日見《きょうみ》つけなかったら、夜中《よなか》には干上《ひあ》がってしまうところだった)

少年《しょうねん》はその場《ば》にしゃがみ込《こ》むと、水溜《みずたま》りに向《む》かってゆっくりと右手《みぎて》を伸《の》ばした。

すると、右手《みぎて》が水溜《みずたま》りの中《なか》にどんどん沈《しず》んでいく。

そして肘《ひじ》の辺《あた》りまで沈《しず》むと、少年《しょうねん》の表情《ひょうじょう》が変《か》わった。

「あった……」

少年《しょうねん》は水溜《みずたま》りの中《なか》で何《なに》かを掴《つか》むと、外《そと》へと取《と》り出《だ》した。

それは、『紫《むらさき》の手鏡《てかがみ》』である。

「見《み》つけた」

少年《しょうねん》は手鏡《てかがみ》の裏《うら》を見《み》る。

そこには奇妙《きみょう》なマークが刻《きざ》まれていた。

少年《しょうねん》は真《ま》っ赤《か》な手帳《てちょう》を取《と》り出《だ》すと、そのマークの上《うえ》に開《ひら》いてかざし、呪文《じゅもん》を唱《とな》えようとした。

この鏡《かがみ》に宿《やど》る不思議《ふしぎ》な力《ちから》を回収《かいしゅう》しようと思《おも》ったのだ。
だがそこで、少年《しょうねん》は呪文《じゅもん》を唱《とな》えるのをやめた。
頭《あたま》の中《なか》に、志穂《しほ》の顔《かお》が思《おも》い浮《う》かぶ。

『祐志《ゆうじ》は大切《たいせつ》な弟《おとうと》なの！　だから絶対《ぜったい》助《たす》ける！』

「……まったく」
少年《しょうねん》は大《おお》きく息《いき》を吐《は》いて頭《あたま》をかくと、ゆっくりと立《た》ち上《あ》がった。

墓地《ぼち》。
志穂《しほ》は異世界《いせかい》へと続《つづ》く扉《とびら》を探《さが》していた。
時刻《じこく》は6時《じ》。
(あと6分《ぷん》しかない！　扉《とびら》はどこにあるの？)
少年《しょうねん》が言《い》ったことは本当《ほんとう》なのだろうか。
もしかするとそんな扉《とびら》、最初《さいしょ》からないのかもしれない。

だが、祐志《ゆうじ》を探《さが》す手《て》がかりはそれしかない。

志穂《しほ》は必死《ひっし》に墓地《ぼち》を探《さが》し続《つづ》けた。

すると、墓地《ぼち》の隅《すみ》に広《ひろ》がる雑木林《ぞうきばやし》の中《なか》に、何《なに》かが見《み》えた。

それは、ポツンと置《お》かれた木製《もくせい》の古《ふる》びた白《しろ》いドアである。

表面《ひょうめん》にはあちこち血《ち》が飛《と》び散《ち》り、赤《あか》く染《そ》まっている。

「もしかして、これがその扉《とびら》？」

志穂《しほ》はドアに駆《か》け寄《よ》り、開《あ》けようとした。

ガシッ――。

突然《とつぜん》、背後《はいご》から誰《だれ》かが志穂《しほ》の腕《うで》を掴《つか》んだ。

振《ふ》り返《かえ》ると、そこには血《ち》だらけのコートを着《き》たひきこさんが立《た》っていた。

「きゃあああ!!」

顔《かお》を覆《おお》った長《なが》い髪《かみ》のすき間《ま》から真《ま》っ赤《か》に充血《じゅうけつ》した目《め》が見《み》えた。その目《め》がジロリと志穂《しほ》をにらんでいる。

「放《はな》して!!」

志穂《しほ》はひきこさんのもう一方《いっぽう》の手《て》に目《め》をやる。

人形《にんぎょう》になった祐志《ゆうじ》を引《ひ》きずっていた。

「祐志《ゆうじ》!!」

志穂《しほ》は怖《こわ》くて逃《に》げ出《だ》しそうになる気持《きも》ちを必死《ひっし》に抑《おさ》え、ひきこさんをにらみ返《かえ》した。

「祐志《ゆうじ》を返《かえ》して!」

志穂《しほ》は怒鳴《どな》り、掴《つか》まれた手《て》を必死《ひっし》に振《ふ》り払《はら》おうとする。

だが、ひきこさんの力《ちから》は強《つよ》く、振《ふ》り払《はら》うことができなかった。


「邪魔《じゃま》スルナ」


女《おんな》のものとは思《おも》えない、地《ち》を這《は》うような低《ひく》い声《こえ》。

ひきこさんは志穂《しほ》にそう忠告《ちゅうこく》すると、腕《うで》を振《ふ》り上《あ》げ、ものすごい力《ちから》で彼女《かのじょ》を脇《わき》の草《くさ》むらに放《ほう》り投《な》げた。

「きゃ!」

時刻《じこく》は6時《じ》5分《ふん》。

ひきこさんは人形《にんぎょう》になった祐志《ゆうじ》を連《つ》れ、ドアの前《まえ》に立《た》つ。

すると、ドアがひとりでにゆっくりと開《ひら》き始《はじ》めた。

「なにあれ？」

起《お》き上《あ》がった志穂《しほ》がドアのほうを見《み》る。

ドアの向《む》こうには、血《ち》のような真《ま》っ赤《か》な空間《くうかん》が広《ひろ》がっていた。


ウゥ、ウウゥゥ、ウウウゥゥゥ。


真《ま》っ赤《か》な空間《くうかん》からは、数《かぞ》え切《き》れないほどの不気味《ぶきみ》な唸《うな》り声《ごえ》が聞《き》こえてくる。

「祐志《ゆうじ》！」

志穂《しほ》は恐怖《きょうふ》を感《かん》じながらも勇気《ゆうき》を出《だ》して、ひきこさんから祐志《ゆうじ》を奪《うば》おうとした。

「弟《おとうと》を返《かえ》して!!」

ひきこさんの腕《うで》にしがみつく。

だが、そんな志穂《しほ》の顔《かお》をひきこさんがジロリとにらんだ。

「ソンナニ、コノ人形《にんぎょう》ヲ返《かえ》シテ欲《ほ》シイノカ？」

瞬間《しゅんかん》、ひきこさんはニヤリと笑《わら》った。

「ダッタラ、オマエガ来《こ》イ！　オマエヲ連《つ》レテイク！」

ひきこさんは不気味《ぶきみ》な笑《え》みを浮《う》かべると、志穂《しほ》を捕《つか》まえようとしてきた。

「あ、あああ……」

――もう逃《に》げることはできない。

志穂《しほ》は祐志《ゆうじ》の代《か》わりに異世界《いせかい》へ連《つ》れ去《さ》られる覚悟《かくご》をした。

そのとき――、
突然《とつぜん》、目《め》の前《まえ》にひとりの人影《ひとかげ》が現《あらわ》れた。

それは、もうひとりの『ひきこさん』である。

「えっ⁉」

ひきこさんは、そのもうひとりのひきこさんの腕《うで》を掴《つか》むと、ドアのほうへと吸《す》い込《こ》まれた。

時刻《じこく》は6時《じ》6分《ぷん》6秒《びょう》。

「ヒギャアアアァァァ！！！」

そのまま、ドアが勢《いきお》い良《よ》く閉《し》まる。

そしてドアそのものが、スウッと消《き》えていった。

「な、何《なに》が起《お》きたの⁉」

志穂《しほ》は何《なに》がどうなったのかまったく分《わ》からなかった。

すると、となりに誰《だれ》かが立《た》っていることに気《き》づいた。

「あなたは……」

そこに立《た》っていたのは少年《しょうねん》である。

手《て》には、紫《むらさき》の手鏡《てかがみ》が握《にぎ》られている。

少年《しょうねん》はその手鏡《てかがみ》を志穂《しほ》に見《み》せた。

「これは『紫《むらさき》の手鏡《てかがみ》』と言《い》って、人《ひと》を早死《はやじ》にさせる呪《のろ》い手鏡《てかがみ》だ。本来《ほんらい》ならすぐに呪《のろ》いを解《と》いてこの世界《せかい》から消《け》すはずだったけど、少《すこ》しだけ利用《りよう》することにしたんだ」

「利用《りよう》？」

「これは鏡《かがみ》だろう？　ひきこさんをこれに映《うつ》すことによって、もうひとりの自分《じぶん》を異世界《いせかい》に連《つ》れていくように仕向《しむ》けたんだ。キミの弟《おとうと》の代《か》わりに」

「も、もしかして、助《たす》けにきてくれたの？」

志穂《しほ》がたずねると、少年《しょうねん》はそれには答《こた》えずに、雑木林《ぞうきばやし》のほうを見《み》た。

つられて志穂《しほ》も見《み》る。

そこには、祐志《ゆうじ》が倒《たお》れていた。

「祐志《ゆうじ》！」

志穂《しほ》はあわてて祐志《ゆうじ》のもとへ駆《か》け寄《よ》る。

「う、うう〜ん」

祐志《ゆうじ》は志穂《しほ》に何度《なんど》も身体《からだ》を揺《ゆ》さぶられると、ようやく目《め》を覚《さ》ました。

「お、お姉《ねえ》ちゃん？　ここは？」

「祐志《ゆうじ》！」

どうやら祐志《ゆうじ》は状況《じょうきょう》がまったく理解《りかい》できていないらしい。

「お姉《ねえ》ちゃん、あのね……」

「なに？」

「録画《ろくが》を消《け》したのは、3回目《かいめ》じゃなくて2回目《かいめ》だよ」

「もう～、そんなことどうでもいいの！」

「えっ？」

「お姉《ねえ》ちゃん、祐志《ゆうじ》が戻《もど》ってきてくれただけで嬉《うれ》しいんだから！」

志穂《しほ》は「良《よ》かった！　本当《ほんとう》に良《よ》かった!!」と言《い》いながら、目《め》に涙《なみだ》を浮《う》かべた。

「そうだ、祐志《ゆうじ》をひきこさんから助《たす》けてくれた人《ひと》がいるの！」

志穂《しほ》はそう言《い》って振《ふ》り返《かえ》った。

だが、そこにはもう、少年《しょうねん》の姿《すがた》はなかった。

「そんな……」

志穂《しほ》はなぜ少年《しょうねん》が助《たす》けてくれたのか分《わ》からなかった。

しかし彼《かれ》が助《たす》けてくれたおかげで、自分《じぶん》も祐志《ゆうじ》も異世界《いせかい》に連《つ》れ去《さ》られなくてすんだのは事実《じじつ》である。

「……ありがとう」

志穂《しほ》は、名《な》も知《し》らぬ赤《あか》いフードを被《かぶ》った少年《しょうねん》に、心《こころ》から感謝《かんしゃ》するのだった。

暗《くら》くなった町《まち》の中《なか》を、ひとりの少年《しょうねん》が歩《ある》いている。

――フシギだ。

「姉弟《きょうだい》か……」

そうつぶやき、路地《ろじ》の一角《いっかく》で立《た》ち止《ど》まると、真《ま》っ赤《か》な手帳《てちょう》を取《と》り出《だ》し、じっと見《み》つめた。

やがて、手帳《てちょう》のページを開《ひら》く。

そして、もう一方《いっぽう》の手《て》に紫《むらさき》の手鏡《てかがみ》を持《も》つと、裏側《うらがわ》に刻《きざ》まれたマークの上《うえ》に、手帳《てちょう》をかざした。

フシギは呪文《じゅもん》を唱《とな》える。

「解《かい》」

次《つぎ》の瞬間《しゅんかん》、マークがキラキラと輝《かがや》き、開《ひら》かれたページに反転《はんてん》して写《うつ》し取《と》られた。

手鏡《てかがみ》の裏《うら》に刻《きざ》まれていたマークは消《き》えている。

フシギはそれを確認《かくにん》すると手帳《てちょう》をポケットにしまい、再《ふたた》び、歩《ある》き始《はじ》めるのだった。

3つ目《め》の町《まち》

死《し》のブログ

今日あったこと♡

時間などの設定を行う場合は、管理画面上部にて

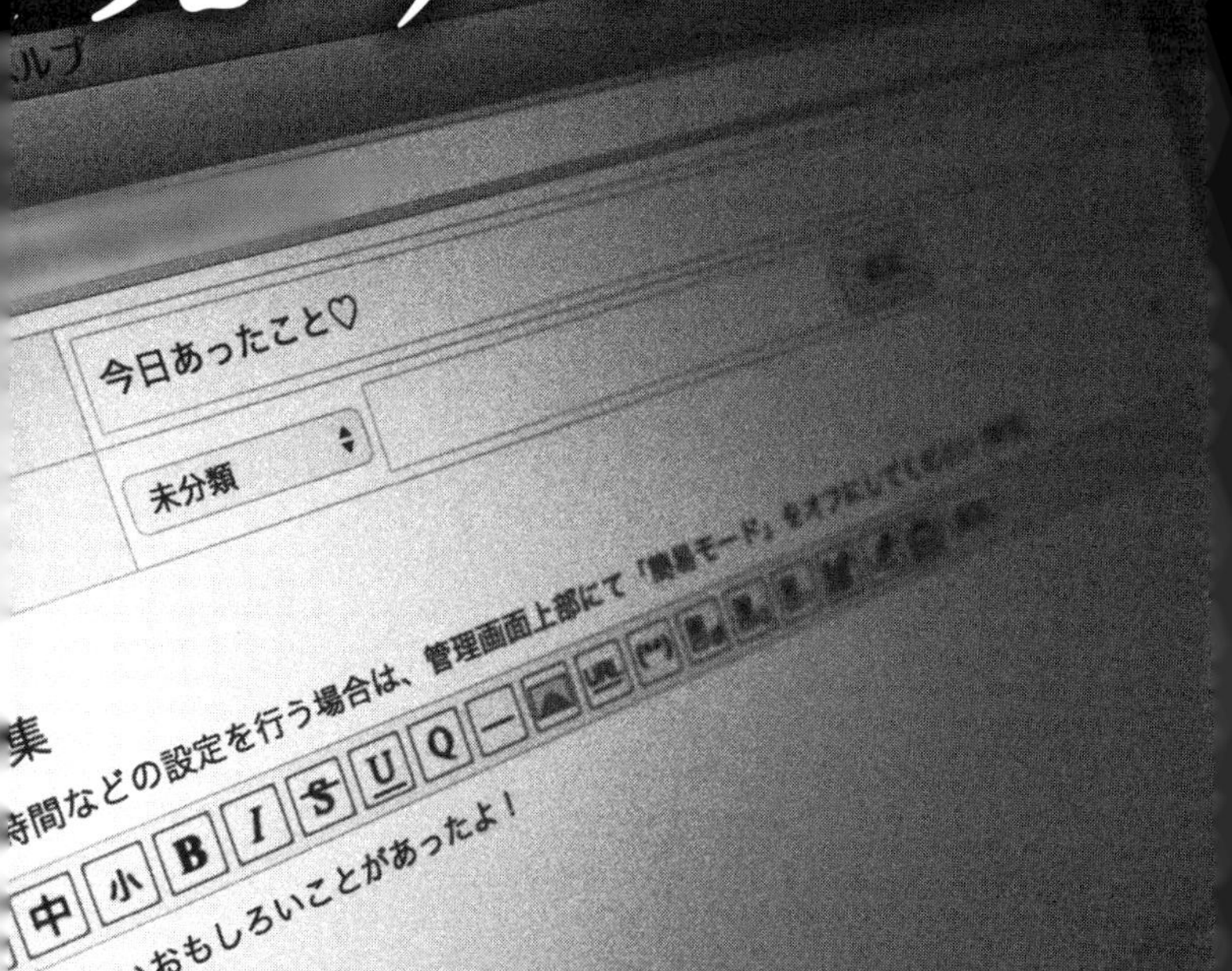
すんごいおもしろいことがあったよ！
の時間にね、

事故《じこ》に遭《あ》ったり、病気《びょうき》になったり……。
そのブログで取《と》り上《あ》げられると、必《かなら》ず不幸《ふこう》な目《め》に遭《あ》うという。
ブログに自分《じぶん》のことを書《か》かないでほしいと
悲鳴《ひめい》のような声《こえ》があがるくらい、この噂《うわさ》を恐《おそ》れている人《ひと》がいるという。

♪明日香《あすか》のほぼ毎日《まいにち》ブログ♪

冷《つめ》たい雨《あめ》が降《ふ》っていた今日《きょう》、学校《がっこう》でおもしろいことがありました。

朝《あさ》、クラスメイトの橋本圭介《はしもとけいすけ》くんが教室《きょうしつ》に入《はい》ってきたんですが、なんかちょっと変《へん》なんです。

よおく見《み》てみると、橋本《はしもと》くんはなんと、コートのボタンをかけ違《ちが》えていたのです！

「しまった。遅刻《ちこく》しそうだったから」

橋本《はしもと》くんは笑《わら》いながらコートを脱《ぬ》ぎました。

ところが、その下《した》の学生服《がくせいふく》のボタンもかけ違《ちが》えていたのです。

橋本《はしもと》くんはそれに気《き》づくと顔《かお》を真《ま》っ赤《か》にして慌《あわ》ててボタンをはめ直《なお》していました。

クラス中《じゅう》がそれを見《み》て大笑《おおわら》いしちゃいました。

おしまい♪

「うん、完璧《かんぺき》ね！」

夜《よる》。小森明日香《こもりあすか》は自分《じぶん》の部屋《へや》のベッドに寝転《ねころ》がり、スマホで文章《ぶんしょう》を書《か》いていた。

中学《ちゅうがく》に入学《にゅうがく》して自分《じぶん》のスマホを親《おや》に買《か》ってもらって以来《いらい》、明日香《あすか》はブログの更新《こうしん》にはまっていた。

明日香《あすか》が認《みと》めた人《ひと》だけが見《み》られる会員制《かいいんせい》のブログで、更新《こうしん》すれば必《かなら》ずコメント欄《らん》にクラスメイトたちが感想《かんそう》を書《か》きこんでくれるのだ。

明日香《あすか》はそれが嬉《うれ》しくて毎日《まいにち》のように更新《こうしん》していた。

「さ〜て、アップしよっと！」

『投稿《とうこう》ボタン』を押《お》した。

すると、30秒《びょう》も経《た》たないうちに、コメント欄《らん》に1件《けん》の書《か》き込《こ》みがあった。

(^0^)

顔文字《かおもじ》がひとつだけ。

投稿者《とうこうしゃ》は『菜々《なな》』。

「工藤《くどう》さん、はやっ！」

それはクラスメイトの工藤菜々《くどうなな》だった。

菜々《なな》は1週間《しゅうかん》くらい前《まえ》から直《す》ぐに感想《かんそう》を書《か》きこんでくるのだが、実《じつ》にそっけないのだ。

いつも『(^O^)』だけが記《しる》されていた。

「今日《きょう》も顔文字《かおもじ》ひとつで終《お》わり？」

そうつぶやくと明日香《あすか》もいつものようにそっけない感謝《かんしゃ》を書《か》きこむことにした。

『Thanks!』

しばらくすると、やはりクラスメイトの松村杏《まつむらあん》から『あれはおもしろかったね』と書《か》き込《こ》みがあり、さらには『俺《おれ》のこと書《か》いてくれてありがとう！　やっぱ笑《わら》えるよな！　にゃはは』と、ボタンをかけ違《ちが》えていた橋本本人《はしもとほんにん》から書《か》き込《こ》みがあった。

それらに嬉々《きき》として明日香《あすか》は返信《へんしん》する。

翌朝《よくあさ》。

明日香《あすか》が学校《がっこう》にやって来《く》ると、ゲタ箱《ばこ》で菜々《なな》と会《あ》った。

「工藤《くどう》さん、おはよ〜」

「あ、おはよ」

「昨日《きのう》も私《わたし》のブログに書《か》き込《こ》みサンキュー」

「あ、いえ……」

うつむいて消《き》え入《い》りそうな声《こえ》でそう答《こた》える菜々《なな》の顔《かお》を明日香《あすか》は覗《のぞ》き込《こ》んだ。

「まだ、この学校《がっこう》に慣《な》れない？」

「え？　あ、いえ、だいぶ慣《な》れましたけど……」

「そうかな、そうは見《み》えないけど？」

菜々《なな》は逃《に》げるようにゲタ箱《ばこ》の前《まえ》から去《さ》って行《い》った。

そんな足早《あしばや》に逃《に》げたって同《おな》じクラスなのに、と、明日香《あすか》は苦笑《くしょう》する。

工藤菜々《くどうなな》がこの学校《がっこう》に転校《てんこう》してきてからまだ1ヶ月《かげつ》にもなっていなかった。菜々《なな》は元々《もともと》が引《ひ》っ込《こ》み思案《じあん》なようで、次第《しだい》にクラスメイトのみんなも話《はな》しかけることが少《すく》なくなっていた。

でも、明日香《あすか》が自分《じぶん》のブログの事《こと》を伝《つた》えると直《す》ぐに会員《かいいん》になり、この数日《すうじつ》はいの一番《いちばん》に書《か》き込《こ》みをしてくるようになった。

ただし、顔文字《かおもじ》ひとつだけだけど……。

そんなことを考《かんが》えながら、明日香《あすか》はのんびりと1年《ねん》2組《くみ》の教室《きょうしつ》へと向《む》かった。


「大変《たいへん》！」


教室《きょうしつ》に入《はい》ると同時《どうじ》に松村杏《まつむらあん》が近《ちか》づいてきた。

「どうしたの、杏《あん》ちゃん」

なにやら、教室《きょうしつ》にいる生徒《せいと》たちがザワついている。

「橋本《はしもと》くんがね、学校《がっこう》に来《く》る途中《とちゅう》で事故《じこ》に遭《あ》ったって」

「えっ？」

「今《いま》、病院《びょういん》に行《い》ってるんだけど、すごい怪我《けが》らしいの」

「うそ、大丈夫《だいじょうぶ》かな……」

「武田《たけだ》先生《せんせい》が付《つ》き添《そ》ってるから心配《しんぱい》するなって、さっき他《ほか》の先生《せんせい》が言《い》いに来《き》たけど」

結局《けっきょく》、橋本《はしもと》はそのまま入院《にゅういん》することになった。足《あし》の骨折《こっせつ》だけで命《いのち》に別状《べつじょう》はなかったのが幸《さいわ》いだった。

放課後《ほうかご》、明日香《あすか》は杏《あん》と一緒《いっしょ》に帰《かえ》りながら、そのことを話《はな》していた。

「明日《あした》、2人《ふたり》でお見舞《みま》い行《い》こうか」

そう提案《ていあん》する杏《あん》だが、

「うん……」

と明日香《あすか》は生返事《なまへんじ》で答《こた》える。

「どうしたの明日香《あすか》？　なんか元気《げんき》ないけど」

「うん、ちょっと……」

明日香《あすか》は不安《ふあん》げな表情《ひょうじょう》を浮《う》かべると、杏《あん》を見《み》つめる。

その手《て》にはスマホが握《にぎ》られていた。

「ねえ、昨日《きのう》のブログ消《け》したほうがいいかな？」

「なんで？」

「なんだか、不謹慎《ふきんしん》かなって思《おも》って」

「え？　不謹慎《ふきんしん》？」

「橋本《はしもと》くんがあんな目《め》に遭《あ》ったあとだし、今日《きょう》これからブログを見《み》る人《ひと》がいたらいやな気持《きも》ちになるんじゃないかなって」

「そんなの気《き》にしすぎだよ。橋本《はしもと》くんだって、明日香《あすか》のブログを楽《たの》しみに読《よ》んでたんだし」

明日香《あすか》は橋本《はしもと》が『俺《おれ》のこと書《か》いてくれてありがとう！』と書《か》きこんで来《き》たのを思《おも》い出《だ》した。

「だから、橋本《はしもと》くんの話《はなし》を消《け》す必要《ひつよう》なんかないと思《おも》うよ」

杏《あん》の言葉《ことば》に、明日香《あすか》は元気付《げんきづ》けられた。


その夜《よる》。

明日香《あすか》はスマホを手《て》にしてブログのネタで悩《なや》んでいた。

(さすがに笑《わら》えるネタじゃないほうがいいよね)

どういう内容《ないよう》がいいのか悩《なや》む。

そのとき、明日香《あすか》は今日《きょう》あったある出来事《できごと》を思《おも》い出《だ》した。

それは、担任《たんにん》の武田先生《たけだせんせい》の話《はなし》である。

クラスの生徒《せいと》たちが橋本《はしもと》のことを心配《しんぱい》していると、武田先生《たけだせんせい》がいい言葉《ことば》を言《い》ったのだ。

(あれだったら、みんな共感《きょうかん》してくれるかも)

明日香《あすか》はさっそくその話《はなし》を打《う》ち始《はじ》めた。

♪明日香《あすか》のほぼ毎日《まいにち》ブログ♪
今日《きょう》はおもしろい話《はなし》じゃなくて、ちょっといい話《はなし》を書《か》きます。
それは担任《たんにん》の武田先生《たけだせんせい》の話《はなし》です。
武田先生《たけだせんせい》はみんなが橋本《はしもと》くんのことを心配《しんぱい》していると、
こう言《い》って、励《はげ》ましてくれました。
「お前《まえ》たちが暗《くら》い顔《かお》をしてたら、橋本《はしもと》まで暗《くら》い顔《かお》になっちゃうぞ。
いつ橋本《はしもと》が帰《かえ》ってきてもいいように、みんなはいつも通《どお》り元気《げんき》で明《あか》るくいよう!」
なんだか、いい言葉《ことば》ですよね!

明日香《あすか》はそう文章《ぶんしょう》を書《か》き、最後《さいご》に「おしまい♪」と書《か》きこもうとした。
しかしふと、何《なに》かを思《おも》い、書《か》く手《て》をとめる。
(そう言《い》えば、武田先生《たけだせんせい》がその話《はなし》をしたあと……)
明日香《あすか》はそのことを思《おも》い出《だ》すと、さらに文章《ぶんしょう》を続《つづ》けた。

♪♪

今日《きょう》はもうひとつ、いい話《はなし》を書《か》きます。

武田先生《たけだせんせい》の話《はなし》を聞《き》いたあとのことです。

クラスメイトの松村杏《まつむらあん》ちゃんが、こう言《い》ったんです。

「よ～し、退院《たいいん》した橋本《はしもと》くんを最初《さいしょ》に明《あか》るい顔《かお》にするのはこの私《わたし》だー！」

杏《あん》ちゃんは人気芸人《にんきげいにん》さんのギャグを披露《ひろう》して、みんなを笑《わら》わせました。

それを見《み》て、私《わたし》もちょっと元気《げんき》になりました。

明日香《あすか》は今度《こんど》こそ「おしまい♪」と書《か》きこむと、それをブログにアップすることにした。

すると、昨日《きのう》と同《おな》じように、すぐに菜々《なな》から感想《かんそう》が書《か》きこまれた。

『(^○^)　素敵《すてき》な話《はなし》をありがとう』

「工藤《くどう》さん……」

明日香《あすか》は画面《がめん》を見《み》ながら笑顔《えがお》になると、すぐにお礼《れい》の言葉《ことば》を返《かえ》した。

翌日《よくじつ》。

明日香《あすか》は明《あか》るい気持《きも》ちで教室《きょうしつ》に入《はい》っていった。

そして、教室《きょうしつ》の隅《すみ》にいる菜々《なな》を見《み》つけるとすかさず近寄《ちかよ》った。

「おはよ、工藤《くどう》さん」

「あ、おはよう」

「昨日《きのう》は素敵《すてき》な感想《かんそう》をありがとう。顔文字《かおもじ》以外《いがい》を書《か》いてくれたの初《はじ》めてだよね」

「あ、……いえ、すみません」

「何《なに》、謝《あやま》ってるのよ」

と、明日香《あすか》は菜々《なな》を見《み》ながら笑《わら》った。

「おい、大事件《だいじけん》だ、大事件《だいじけん》!!」

突然《とつぜん》、クラスメイトの瀬戸山隆史《せとやまたかし》が教室《きょうしつ》に駆《か》け込《こ》んできた。

「大事件《だいじけん》って？」

明日香《あすか》がたずねると、瀬戸山《せとやま》は荒《あら》く息《いき》をしながら一同《いちどう》のほうを見《み》た。

「武田先生《たけだせんせい》が、学校《がっこう》に来《く》る途中《とちゅう》、車《くるま》で事故《じこ》を起《お》こして病院《びょういん》に運《はこ》ばれたんだ！」

「ええっ！」

教室中《きょうしつじゅう》から一斉《いっせい》に驚《おどろ》きの声《こえ》があがる。

「それだけじゃない！　松村杏《まつむらあん》も、今朝《けさ》、原因不明《げんいんふめい》の高熱《こうねつ》を出《だ》して病院《びょういん》に連《つ》れて行《い》かれたって！」

「えっ、杏《あん》ちゃんも⁉」

明日香《あすか》は思《おも》わず大《おお》きな声《こえ》を出《だ》した。

「武田先生《たけだせんせい》が事故《じこ》を起《お》こすなんて」

「杏《あん》ちゃんも昨日《きのう》まであんなに元気《げんき》だったのに」

生徒《せいと》たちが口々《くちぐち》に2人《ふたり》のことを心配《しんぱい》し始《はじ》める。

そんななか、瀬戸山《せとやま》は明日香《あすか》のほうを見《み》た。

「なあ、小森《こもり》。俺《おれ》、気《き》づいちゃったんだけど」

「な、なに？」

「お前《まえ》、昨日《きのう》ブログに2人《ふたり》のこと書《か》いたよな？」

「えっ？」

たしかに、昨日《きのう》ブログで書《か》いたのは、武田先生《たけだせんせい》と松村杏《まつむらあん》のことだった。

それを知《し》っている生徒《せいと》たちが、明日香《あすか》のほうを見《み》る。

「そう言《い》えば書《か》いてた」

「うん、いい言葉《ことば》を言《い》ったっていう内容《ないよう》だったよね」

「それに――」

瀬戸山《せとやま》は他《ほか》の生徒《せいと》たちの言葉《ことば》に続《つづ》けるかのように、口《くち》を開《ひら》いた。

「その前《まえ》の日《ひ》は、橋本圭介《はしもとけいすけ》のことを書《か》いてたよな」

それを聞《き》いた瞬間《しゅんかん》、生徒《せいと》たちがみな、ハッとした表情《ひょうじょう》を浮《う》かべた。

「明日香《あすか》ちゃん、たしかに橋本《はしもと》くんのこと書《か》いてた」

「橋本《はしもと》が怪我《けが》をしたのは、その次《つぎ》の日《ひ》だよな？」

生徒《せいと》たちがザワザワし始《はじ》める。

「そ、それは……」

明日香《あすか》はあわてて否定《ひてい》しようとしたが、クラスメイトたちの顔《かお》を見《み》て言葉《ことば》が出《で》てこなくなった。

「小森《こもり》のブログって、なんか、『死《し》のブログ』みたいだよな」

瀬戸山《せとやま》が明日香《あすか》を見《み》つめながらそう言《い》った。

「死《し》のブログ？」

明日香《あすか》は意味《いみ》が分《わ》からず瀬戸山《せとやま》を見《み》る。

「死《し》のブログっていうのは、有名《ゆうめい》な都市伝説《としでんせつ》だよ。そのブログに名前《なまえ》を書《か》かれた人《ひと》は必《かなら》ず不幸《ふこう》な目《め》に遭《あ》う。……最悪《さいあく》、死《し》ぬこともあるらしいぜ」


死《し》ぬ⁉


途端《とたん》に教室《きょうしつ》の中《なか》が静《しず》まり返《かえ》る。

クラスメイトたちは明日香《あすか》をじっと見《み》た。

「そ、そんな……ちょっと、まって！」

明日香《あすか》はみんなを説得《せっとく》しようと1歩前《ぽまえ》に出《で》た。

その途端《とたん》、クラスメイトは明日香《あすか》から身《み》を引《ひ》いて教室《きょうしつ》の隅《すみ》に寄《よ》った。

ただひとりを除《のぞ》いて――。

「死《し》のブログなんてあるわけないでしょ！」

そう語気《ごき》を荒《あら》らげて立《た》ち上《あ》がったのは菜々《なな》だった。

みんなは驚《おどろ》いて菜々《なな》を見《み》た。

明日香《あすか》も信《しん》じられないような面持《おもも》ちで菜々《なな》を見《み》た。

「工藤《くどう》さん……」

しかし、誰《だれ》かが言《い》う。

「だけど、あんなに元気《げんき》だった杏《あん》ちゃんが倒《たお》れたんでしょ？」

「圭介《けいすけ》も武田先生《たけだせんせい》も入院《にゅういん》したんだろ！」

クラスの中《なか》で不安《ふあん》が不安《ふあん》を呼《よ》び始《はじ》めていた。

菜々《なな》はその状況《じょうきょう》をなんとか収《おさ》めたいと思《おも》っているようだが、おろおろするしかなかった。

そこに追《お》い打《う》ちをかけるように、瀬戸山《せとやま》が明日香《あすか》に声《こえ》をかけてきた。

「なあ、小森《こもり》。約束《やくそく》してくれないか。俺《おれ》のこと絶対《ぜったい》にブログに書《か》かないって」

その言葉《ことば》に、他《ほか》の生徒《せいと》たちも瀬戸山《せとやま》と同《おな》じことを次々《つぎつぎ》に発《はっ》する。

「私《わたし》も！」

「僕《ぼく》も！」

「俺《おれ》も！」

「私《わたし》たちのこと、絶対《ぜったい》にブログに書《か》かないで!!」

明日香《あすか》はそんな彼《かれ》らをただぼう然《ぜん》と見《み》つめるしかなかった。


放課後《ほうかご》。

明日香《あすか》は、凍《い》てつく風《かぜ》が吹《ふ》き抜《ぬ》ける小《ちい》さな公園《こうえん》のベンチにひとりで座《すわ》っていた。

朝《あさ》の出来事《できごと》があってから、生徒《せいと》たちはみな、誰《だれ》も明日香《あすか》に近《ちか》づこうとしなかった。

武田先生《たけだせんせい》と杏《あん》は、病院《びょういん》に運《はこ》び込《こ》まれたものの、幸《さいわ》い命《いのち》に別状《べつじょう》はなかった。

しかし、武田先生《たけだせんせい》は肋骨《ろっこつ》を５本《ほん》も折《お》る大怪我《おおけが》で、杏《あん》も高熱《こうねつ》にうなされているらしい。

(私《わたし》が２人《ふたり》のことブログに書《か》いたせいで……)

死《し》のブログ。

明日香《あすか》はいつもブログを書《か》くのに使《つか》っているスマホを見《み》つめると、憎々《にくにく》しい表情《ひょうじょう》を浮《う》かべた。

(だけどどうして……？)

ブログを書《か》き始《はじ》めたのは中学生《ちゅうがくせい》になってすぐのことだ。

もう半年以上《はんとしいじょう》、毎日《まいにち》のように書《か》いている。

その間《かん》、色《いろ》んなクラスメイトのことを書《か》いてきた。

橋本《はしもと》も武田先生《たけだせんせい》も杏《あん》のことも何度《なんど》も書《か》いている。

それにもかかわらず、1週間《しゅうかん》ほど前《まえ》から急《きゅう》に、ブログに書《か》いた人《ひと》が不幸《ふこう》な目《め》に遭《あ》うようになったのだ。

(なぜ?)

明日香《あすか》にはその理由《りゆう》が分《わ》からない。

「小森《こもり》さん……」

明日香《あすか》が目《め》を上《あ》げると菜々《なな》が立《た》っていた。

「工藤《くどう》さん……」

菜々《なな》はほほ笑《え》み、明日香《あすか》のとなりに座《すわ》ろうとした。

「来《き》ちゃだめ!」

明日香《あすか》は思《おも》わず大《おお》きな声《こえ》を出《だ》す。

「私《わたし》には近《ちか》づかないほうがいいよ」

明日香《あすか》は菜々《なな》をにらみつけた。

菜々《なな》は哀《かな》しそうな表情《ひょうじょう》を見《み》せたが、ボソボソとしゃべり始《はじ》めた。

「小森《こもり》さん、あの……、みんなが言《い》っていることを真《ま》に受《う》けることないと思《おも》う」

明日香《あすか》はそんな話《はなし》をする菜々《なな》を意外《いがい》に思《おも》って見《み》つめ返《かえ》した。

「工藤《くどう》さん……」

「すみません、つまらないことを言《い》って……」

菜々《なな》は頭《あたま》を下《さ》げると立《た》ち去《さ》ろうとしたが、「工藤《くどう》さん！」と明日香《あすか》は呼《よ》び止《と》めた。

菜々《なな》が振《ふ》り返《かえ》ると明日香《あすか》はほほ笑《え》んで礼《れい》を言《い》った。

「……ありがとう」

それを聞《き》き、菜々《なな》もにこりとした。

「そうだ！　私《わたし》のこと、明日香《あすか》って呼《よ》んで」

「えっ」

「私《わたし》も工藤《くどう》さんのこと、菜々《なな》って呼《よ》ぶから」

「……はい。明日香《あすか》さん」

「『敬語《けいご》』も『さん』付《づ》けも無《な》し。同《おな》い年《どし》なんだから。ねっ、菜々《なな》」

「はい。……明日香《あすか》」

菜々《なな》は明日香《あすか》の脇《わき》に座《すわ》った。

明日香《あすか》はそんな菜々《なな》の優《やさ》しさを嬉《うれ》しく思《おも》った。

そのとき、冷《つめ》たい風《かぜ》の音《おと》に交《ま》じって何《なに》かが聞《き》こえてきた。


サッ…、サッ…、サッ……。


その音《おと》は次第《しだい》に大《おお》きくなり、誰《だれ》かの靴音《くつおと》だと分《わ》かるほどになった。

明日香《あすか》たちは音《おと》がするほうを見《み》た。

そこには、赤《あか》い服《ふく》を着《き》て赤《あか》いフードを被《かぶ》っている少年《しょうねん》の姿《すがた》があった。

フシギである。

フシギは明日香《あすか》たちの前《まえ》まで歩《ある》いて来《く》ると、ピタリと立《た》ち止《ど》まった。

「キミたちだね？」

フシギは明日香《あすか》たちを見《み》てそう言《い》う。

「あなたは？」

明日香《あすか》は見覚《みおぼ》えのない少年《しょうねん》に声《こえ》をかけられ、思《おも》わず動揺《どうよう》した。

「フシギ。……千野《せんの》フシギ。ある都市伝説《としでんせつ》を追《お》って旅《たび》をしてる」

「都市伝説《としでんせつ》!?」

首《くび》をかしげる明日香《あすか》たちをよそに、フシギは話《はなし》を続《つづ》けた。

「キミたちは呪《のろ》われている。だから僕《ぼく》がきた」

「言《い》ってる意味《いみ》がよく分《わ》からないんだけど」

と身構《みがま》える明日香《あすか》。


「キミは、『死《し》のブログ』の呪《のろ》いにかかってるんだ」


「えっ!?」

明日香《あすか》と菜々《なな》は思《おも》わず目《め》を合《あ》わせた。

死《し》のブログのことを、どうしてこの少年《しょうねん》が知《し》っているのだろうか。

明日香《あすか》がそう思《おも》っていると、ふいに菜々《なな》が立《た》ち上《あ》がった。

「いきなり何《なん》なの！　明日香《あすか》を怖《こわ》がらせないで！」

菜々《なな》は怒鳴《どな》ると、フシギを強《つよ》くにらみつけた。

しかしフシギはまったく表情《ひょうじょう》を変《か》えることなく、そのまま2人《ふたり》に近《ちか》づいてきた。

「スマホだよ」

「スマホ？」

「呪《のろ》われているのは、スマホなんだ」

フシギはそう言《い》って明日香《あすか》と菜々《なな》にさらに近《ちか》づくと、手《て》を伸《の》ばしてきた。

「きゃっ！」

明日香《あすか》はとっさに持《も》っていたスマホを握《にぎ》り締《し》めた。

「明日香《あすか》！」

瞬間《しゅんかん》、菜々《なな》が明日香《あすか》の腕《うで》を掴《つか》んだ。

「この人《ひと》なんか変《へん》だよ！　逃《に》げよッ！」

「う、うん！」

明日香《あすか》は菜々《なな》とともにその場《ば》から逃《に》げ出《だ》すと、公園《こうえん》をあとにした。

走《はし》りながら、明日香《あすか》と菜々《なな》はフシギのことを考《かんが》えていた。

「あの千野《せんの》フシギって男《おとこ》の子《こ》は何《なん》なの？　どうして死《し》のブログのこと知《し》ってるの？」

「呪《のろ》われているのはスマホだって言《い》ってたよね？」

「それって……」

明日香《あすか》は手《て》に持《も》ったスマホをチラリと見《み》る。

「もしかして、私《わたし》のブログが『死《し》のブログ』になったのは、このスマホで書《か》いたせい？」

死《し》のブログは実在《じつざい》するのだ。

「やっぱり、私《わたし》のせいだったんだ……」

どうしてスマホが呪《のろ》われたのかは分《わ》からない。

だが、明日香《あすか》は急《きゅう》に恐怖《きょうふ》を感《かん》じ、思《おも》わず立《た》ち止《ど》まってしまった。

すると、そんな明日香《あすか》を見《み》て菜々《なな》が叫《さけ》んだ。

「明日香《あすか》は呪《のろ》われてなんかない！」

菜々《なな》は落《お》ち込《こ》む明日香《あすか》を何《なん》とかして励《はげ》まそうとしてくれている。

そのとき、菜々《なな》は道路《どうろ》の少《すこ》し先《さき》を見《み》て、ハッと表情《ひょうじょう》を変《か》えた。

「明日香《あすか》、あそこ！」

見《み》ると、フシギがこちらへ向《む》かって歩《ある》いてきている。

「逃《に》げなきゃ！」

「だけど」

「捕《つか》まったら、何《なに》をされるか分《わ》からないのよ！」

2人《ふたり》は近《ちか》くのコンビニまでやってくると、駐車場《ちゅうしゃじょう》の奥《おく》にある裏口《うらぐち》のほうを見《み》た。

そこには商品《しょうひん》が積《つ》まれていて、そのすき間《ま》に入《はい》ることができそうだった。

「明日香《あすか》、ここに隠《かく》れよう！」

「うん！」

明日香《あすか》と菜々《なな》は荷物《にもつ》と荷物《にもつ》のすき間《ま》に駆《か》け込《こ》むと、息《いき》を殺《ころ》して身《み》を隠《かく》した。

サッ…、サッ…、サッ……。

菜々《なな》は箱《はこ》と箱《はこ》の間《あいだ》からそーっと顔《かお》を出《だ》し、足音《あしおと》がするほうを確認《かくにん》する。

フシギがこちらに向《む》かって歩《ある》いてきていた。

「明日香《あすか》、もっと奥《おく》に隠《かく》れなきゃ」

「うん」
2人《ふたり》はいちばん奥《おく》まで移動《いどう》した。

サッ…、サッ…、サッ……。
足音《あしおと》が大《おお》きくなる。
サッ…、サッ…、サッ……。
さらにフシギが近《ちか》づいて来《く》る。
（このままじゃ見《み》つかっちゃう……）
明日香《あすか》は恐怖《きょうふ》を感《かん》じ、思《おも》わず身《み》を縮《ちぢ》める。
その瞬間《しゅんかん》、菜々《なな》が明日香《あすか》の顔《かお》を見《み》た。
「そうだ、スマホ！　スマホであの男《おとこ》の子《こ》のことをブログに書《か》けばいいのよ！」
明日香《あすか》のスマホでブログを書《か》くと、そこに書《か》かれた人《ひと》は不幸《ふこう》な目《め》に遭《あ》う。
つまり、今《いま》ここでフシギのことを書《か》けば、彼《かれ》が不幸《ふこう》な目《め》に遭《あ》うのだ。
「だけどそれって……」
明日香《あすか》はそんなことをするのは嫌《いや》だった。

もう誰《だれ》も不幸《ふこう》にしたくない。

「明日香《あすか》の気持《きも》ちは分《わ》かるけど、このままじゃ、あの千野《せんの》フシギって子《こ》に捕《つか》まっちゃうんだよ！」

「それは……もっと嫌《いや》ッ！」

明日香《あすか》は覚悟《かくご》を決《き》めた。

「どうなっても知《し》らないからね！」

半《なか》ば自暴自棄《じぼうじき》になりながら、明日香《あすか》はスマホに文章《ぶんしょう》を書《か》きこんだ。

『今《いま》、千野《せんの》フシギという男《おとこ》の子《こ》に襲《おそ》われそうになっています！』

そう文章《ぶんしょう》を書《か》くと同時《どうじ》に、『投稿《とうこう》ボタン』を押《お》す。

文章《ぶんしょう》は、ブログとなってサイトに表示《ひょうじ》された。

「これで……私《わたし》たちは助《たす》かるはず……」

明日香《あすか》はおびえながら、近《ちか》づいて来《く》るフシギのほうを見《み》た。

すると、歩《ある》いているフシギの後《うし》ろから、1台《だい》のトラックが猛《もう》スピードで走《はし》ってきた。

（もしかして、あのトラックに轢《ひ》かれるんじゃ？）

明日香《あすか》はゾッとした。

このままではフシギは……。


「**そんなのだめええ！**」


明日香《あすか》は思《おも》わず大声《おおごえ》で叫《さけ》んだ。

その瞬間《しゅんかん》、トラックがフシギの真後《まうし》ろに迫《せま》った。

だが、トラックはそのまま何事《なにごと》もなかったかのように、フシギの横《よこ》を走《はし》りすぎて行《い》く。

「えっ？」

どうやら、トラックは何《なん》の関係《かんけい》もなさそうだった。

明日香《あすか》が戸惑《とまど》っていると、フシギがそばにやってきた。

「やっと見《み》つけた」

恐怖《きょうふ》で、明日香《あすか》は身構《みがま》える。

菜々《なな》も明日香《あすか》の後《うし》ろで完全《かんぜん》におびえきっていた。

「スマホを渡《わた》すんだ」


フシギはそう言《い》って、ゆっくりと手《て》を伸《の》ばしてきた。

だが、その手《て》は明日香《あすか》ではなく、さらに後《うし》ろへと伸《の》びる。

なんと、フシギは明日香《あすか》の後《うし》ろにいる菜々《なな》に近寄《ちかよ》ったのだ。

「どういうこと？」

明日香《あすか》が言葉《ことば》を漏《も》らすと、フシギは表情《ひょうじょう》を変《か》えることなく静《しず》かに答《こた》えた。

「言《い》っただろ。スマホが呪《のろ》われてるって。彼女《かのじょ》のスマホが死《し》のブログの呪《のろ》いにかかっているんだ」

「そんな……」

明日香《あすか》は、呪《のろ》われているのはてっきり自分《じぶん》のスマホだと思《おも》っていた。

それは菜々《なな》も同《おな》じだった。

「私《わたし》のスマホが……呪《のろ》われてる？」

菜々《なな》はポケットから自分《じぶん》のスマホを出《だ》した。

フシギはそれを見《み》て小《ちい》さくうなずいた。

「キミは最近《さいきん》、ある少女《しょうじょ》に声《こえ》をかけられなかったかい？」

「……そういえば、『親友《しんゆう》を作《つく》るおまじない』があるって教《おし》えられた」

菜々《なな》は先日《せんじつ》、学校《がっこう》からの帰《かえ》り道《みち》にひとりの少女《しょうじょ》と出会《であ》ったのだという。

菜々《なな》は自分《じぶん》のスマホをチラリと見《み》た。

「スマホの裏《うら》に、あるマークを記《しる》して、気《き》になる人《ひと》と交流《こうりゅう》を持《も》てばその人《ひと》と『親友《しんゆう》』になれるって言《い》われたの」

見《み》ると、菜々《なな》のスマホの裏《うら》には見《み》たことのない奇妙《きみょう》なマークが描《えが》かれている。

「もしかして、そのマークが呪《のろ》いの原因《げんいん》ってこと？」

そう言《い》った明日香《あすか》は、ここ数日《すうじつ》のブログのコメント欄《らん》を思《おも》い出《だ》した。

この1週間《しゅうかん》の間《あいだ》で明日香《あすか》のブログに記《しる》された人物《じんぶつ》の名前《なまえ》は、橋本圭介《はしもとけいすけ》、武田先生《たけだせんせい》、そして松村《まつむら》杏《あん》の3人《にん》だったのだ。

「信《しん》じられない。一体《いったい》どういうことなの……？」

菜々《なな》はスマホの裏《うら》に書《か》かれたマークをぼう然《ぜん》と見《み》つめた。

フシギはそんな菜々《なな》に冷静《れいせい》に言《い》う。

「そのマークは『親友《しんゆう》を作《つく》るおまじない』じゃない。『死《し》のブログを作《つく》る呪文《じゅもん》』だよ。キミが交《こう》流《りゅう》をもった相手《あいて》のブログは『死《し》のブログ』になってしまうんだ」

「そんな……、そんな……、全部私《ぜんぶわたし》のせいだったなんて……」

ショックで地面《じめん》にへたった菜々《なな》の前《まえ》にフシギがかがんだ。

「僕《ぼく》はその呪《のろ》いを解《と》くことが出来《でき》る。おまじないを教《おし》えてくれたその少女《しょうじょ》はどんな服《ふく》を着《き》てた？」

「え？　服《ふく》？　黒《くろ》いフードを被《かぶ》ってたような……」

「顔《かお》は見《み》たかい？」

「顔《かお》……。顔《かお》は……？　ごめんなさい。顔《かお》が思《おも》い出《だ》せない。違《ちが》う、顔《かお》は見《み》えなかったんだ」

フシギは途端《とたん》に厳《きび》しい表情《ひょうじょう》になり、つぶやいた。

「やはりこの近《ちか》くにいるんだな……」

菜々《なな》と明日香《あすか》がフシギをじっと見《み》ると、フシギはポケットから真《ま》っ赤《か》な手帳《てちょう》を取《と》り出《だ》し、菜々《なな》のスマホに近《ちか》づけた。

明日香《あすか》と菜々《なな》は今《いま》、目《め》の前《まえ》で起《お》きたことが理解《りかい》できず唖然《あぜん》としていた。

フシギが菜々《なな》のスマホの裏側《うらがわ》に手帳《てちょう》をかざしてなにかを唱《とな》えると、スマホのマークが輝《かがや》き消《き》えていったのだ。そして、フシギの手帳《てちょう》のページにはそのマークが反転《はんてん》して付《つ》いた。

「その手帳《てちょう》は何《なん》なの？」

明日香《あすか》が尋《たず》ねるとフシギは答《こた》えた。

「呪《のろ》いを解《と》いたんだよ」

そう言《い》ったフシギは手帳《てちょう》を閉《と》じて、「じゃあ」と立《た》ち去《さ》ろうとした。

「待《ま》って！」

呼《よ》び止《と》めたのは明日香《あすか》だった。

「どうしてもわからないの。どうしてその黒《くろ》いフードの少女《しょうじょ》は、ブログを書《か》いている私《わたし》のスマホじゃなくて、菜々《なな》のスマホに『死《し》のブログ』の呪《のろ》いをかけたの？」

「それは……」と言《い》ったのは菜々《なな》だった。

「私《わたし》、友《とも》だちのいない寂《さび》しがり屋《や》だから、明日香《あすか》のブログだけじゃなくて、色々《いろいろ》な人《ひと》のブログにアクセスするって、黒《くろ》いフードの少女《しょうじょ》が見込《みこ》んだんでしょ？」

フシギは何《なに》も言《い》わない。

「やっぱりそうなのね。でも、安心《あんしん》して。明日香《あすか》のブログ以外《いがい》には何《なに》もしてないから」

「じゃあ、菜々《なな》の気持《きも》ちを利用《りよう》して、黒《くろ》いフードの少女《しょうじょ》は不幸《ふこう》をバラまこうとしたの？」

明日香《あすか》は苦虫《にがむし》を噛《か》み潰《つぶ》したような顔《かお》をしたが、菜々《なな》は自分《じぶん》の話《はなし》を続《つづ》ける。

「私《わたし》、前《まえ》の学校《がっこう》でも友達《ともだち》がいなかったし、こっちに転校《てんこう》してきてからは毎日《まいにち》どうしたら良《い》いかわからなくて……。でも、明日香《あすか》のブログを読《よ》んだらとても楽《たの》しくて、この人《ひと》と親友《しんゆう》になりたいって思《おも》ったの」

「菜々《なな》……」

明日香《あすか》の隣《となり》で、菜々《なな》は目《め》に涙《なみだ》を溜《た》めたままうつむいた。

「でも、こんなことになって、親友《しんゆう》どころか友達《ともだち》にもなれないよね」

「そんなことないよ」

「えっ？」

「だってみんなが私《わたし》のことを避《さ》けたとき、菜々《なな》だけはそばにいてくれた」

にっこりと笑《わら》う明日香《あすか》を菜々《なな》は見《み》つめ返《かえ》した。

「もう菜々《なな》は私《わたし》の『親友《しんゆう》』だよ」

その言葉《ことば》を聞《き》いた菜々《なな》は流《なが》れ落《お》ちる涙《なみだ》を拭《ぬぐ》いながら明日香《あすか》に抱《だ》きついた。

「ありがとう、明日香《あすか》」

「なに言《い》ってるの、感謝《かんしゃ》するのはこっちだよ」

ひとしきり抱《だ》き合《あ》った2人《ふたり》が気《き》づいたときには、フシギの姿《すがた》は見《み》えなくなっていた。

4つ目《め》の町《まち》

呪《のろ》い雲《ぐも》

見《み》た目《め》は飛行機雲《ひこうきぐも》だが、町《まち》を覆《おお》うように発生《はっせい》する。
軍《ぐん》や政府《せいふ》が、天気《てんき》を操作《そうさ》したり細菌兵器《さいきんへいき》に対《たい》する
ワクチンをまいたりするために発生《はっせい》させているという噂《うわさ》がある。
「ケムトレイル」と呼《よ》ばれることもある。

「わ〜、きれい〜!」

垣内香保《かきうちかほ》は、電車《でんしゃ》の窓《まど》から見《み》える風景《ふうけい》に心《こころ》を奪《うば》われた。

線路《せんろ》に沿《そ》うように海《うみ》が見《み》える。

東京《とうきょう》で暮《く》らしている香保《かほ》にとって、海《うみ》が見《み》えるだけで新鮮《しんせん》だった。

冬休《ふゆやす》み。

小学《しょうがく》6年生《ねんせい》の香保《かほ》は、高校《こうこう》1年生《ねんせい》の兄《あに》・真治《しんじ》と一緒《いっしょ》に、祖母《そぼ》の家《いえ》へ帰省《きせい》することになった。

祖母《そぼ》の家《いえ》に行《い》くのは3年《ねん》ぶりである。

当初《とうしょ》、家族全員《かぞくぜんいん》で車《くるま》で行《い》く予定《よてい》だったが、両親《りょうしん》の仕事《しごと》が年末《ねんまつ》ギリギリまで終《お》わらず、先《さき》に香保《かほ》と真治《しんじ》だけが電車《でんしゃ》で祖母《そぼ》の家《いえ》へ行《い》くことになったのだ。

「ねえねえ、お兄《にい》ちゃん。あと何分《なんぷん》ぐらいでおばあちゃんの住《す》んでる町《まち》に着《つ》くのかな?」

香保《かほ》はとなりに座《すわ》ってマンガを読《よ》んでいる真治《しんじ》にそうたずねる。

「そうだな〜、あと30分《ぷん》ぐらいかな」

電車《でんしゃ》で帰《かえ》るのは2人《ふたり》とも今回《こんかい》が初《はじ》めてだった。

新幹線《しんかんせん》に乗《の》り、何度《なんど》も電車《でんしゃ》を乗《の》り継《つ》ぎ、もう3時間近《じかんちか》く移動《いどう》している。

「あとちょっとだねえ〜」

香保《かほ》はようやく到着《とうちゃく》できそうだと、ホッとした気分《きぶん》になった。


「あいたたた……」


突然《とつぜん》、真治《しんじ》が苦《くる》しそうな声《こえ》をあげた。

「どうしたの？」

見《み》ると、真治《しんじ》はお腹《なか》を押《お》さえている。

「なんか急《きゅう》にお腹《なか》が痛《いた》くなって」

「さっき、お弁当《べんとう》食《た》べすぎたからじゃないの？」

真治《しんじ》は食《た》べたい駅弁《えきべん》が2つあり、両方買《りょうほうか》って勢《いきお》い良《よ》く食《た》べてしまったのだ。

「ちょっとトイレに行《い》きたいんだけど」

「トイレって……」

香保《かほ》たちが乗《の》っている電車《でんしゃ》は3両編成《りょうへんせい》のローカル線《せん》で、車内《しゃない》にトイレはない。

「もう少《すこ》しでおばあちゃんの住《す》んでる駅《えき》に到着《とうちゃく》するから、それまで我慢《がまん》して」

それを聞《き》き、真治《しんじ》はますます苦《くる》しそうな顔《かお》をした。

「無理《むり》だよ。もう限界《げんかい》！」

「もう〜」

2人《ふたり》はとりあえず次《つぎ》の駅《えき》で降《お》りることにした。


3分《ぷん》ほどすると、電車《でんしゃ》は海沿《うみぞ》いの小《ちい》さな駅《えき》に到着《とうちゃく》した。

電車《でんしゃ》のドアが開《ひら》くと同時《どうじ》に、真治《しんじ》は外《そと》へと飛《と》び出《だ》す。

そしてそのままホームの端《はし》にあるトイレへ駆《か》け込《こ》んだ。


「まったくもう〜」

真治《しんじ》は香保《かほ》より4歳《さい》も年上《としうえ》だったが、いつも頼《たよ》りない。

怖《こわ》い話《はなし》が苦手《にがて》だし、虫《むし》を掴《つか》むこともできない。

兄《あに》らしいのは、たまに勉強《べんきょう》を教《おし》えてくれるときぐらいだ。

香保《かほ》はそんな真治《しんじ》に呆《あき》れつつ、電車《でんしゃ》を見送《みおく》るとホームのベンチに腰《こし》を降《お》ろした。

ホームには香保《かほ》以外《いがい》、スーツを着《き》た中年《ちゅうねん》の男性《だんせい》がひとりいるだけだ。

香保《かほ》たちが乗《の》っていた下《くだ》り電車《でんしゃ》ではなく、上《のぼ》り電車《でんしゃ》を待《ま》っているらしい。

男性《だんせい》は電車《でんしゃ》を待《ま》ちながら、頭《あたま》をポリポリと掻《か》いていた。

改札口《かいさつぐち》のそばには駅員《えきいん》が2人《ふたり》いて、楽《たの》しげに喋《しゃべ》っている。

彼《かれ》らも喋《しゃべ》りながら腕《うで》をポリポリと掻《か》いていた。


駅《えき》は、祖母《そぼ》の住《す》んでいる町《まち》の駅《えき》よりずっと小《ち》さかった。

ホームの外《そと》には小《ち》さな商店街《しょうてんがい》が広《ひろ》がっていて、主婦《しゅふ》や子供《こども》たちが買《か》い物《もの》をしている姿《すがた》が見《み》える。

香保《かほ》が住《す》んでいる町《まち》よりも、祖母《そぼ》が住《す》んでいる町《まち》よりも、歩《ある》いている人《ひと》の数《かず》は少《すく》なく、建物《たてもの》も低《ひく》いものばかりだ。

(ここはずいぶん田舎《いなか》の町《まち》なんだな)

香保《かほ》は何気《なにげ》なく、ベンチの横《よこ》にある駅名《えきめい》の書《か》かれた看板《かんばん》を見《み》つめた。

くもかわ駅《えき》

ボロボロの木製《もくせい》の看板《かんばん》に、消《き》えそうなペンキでそう書《か》かれていた。

（くもかわ駅《えき》……？　聞《き》いたことないなあ）

「お待《ま》たせ～」

5分《ふん》ほど経《た》った頃《ころ》、真治《しんじ》がトイレから戻《もど》ってきた。

「いや～、助《たす》かったよ。ふう、危《あぶ》なかった」

真治《しんじ》はハンカチで手《て》を拭《ふ》きながら笑《え》みを浮《う》かべる。

「も～！」

「ごめんごめん。ところで、次《つぎ》の電車《でんしゃ》は何分後《なんぷんご》に来《く》るんだ？」

「えっ？」

香保《かほ》は次《つぎ》の電車《でんしゃ》がいつ来《く》るのか確認《かくにん》していなかった。

2人《ふたり》はベンチから少《すこ》し離《はな》れた場所《ばしょ》に立《た》つ時刻表《じこくひょう》のそばに移動《いどう》した。

「次《つぎ》は、ええっと～。……ええっ⁉　1時間後《じかんご》？」

どうやらこの駅《えき》には、1時間《じかん》に1本《ぽん》しか電車《でんしゃ》が停《と》まらないらしい。

「あちゃ～、結構待《けっこうま》つことになるな」

「もう、お兄《にい》ちゃんのせいだよ」

「お腹《なか》が痛《いた》いのはどうしようもないだろ」

「それはそうだけど」

香保《かほ》は小《ちい》さな溜《た》め息《いき》を漏《も》らした。


「なんだあれ？」


ふと、真治《しんじ》が声《こえ》を出《だ》した。

「あれって？」

見《み》ると、真治《しんじ》は空《そら》を見《み》つめている。

香保《かほ》も真治《しんじ》が眺《なが》めている方向《ほうこう》に目《め》を向《む》けた。

そこには、奇妙《きみょう》な雲《くも》が浮《う》かんでいた。

煙《けむり》のようにモクモクとした雲《くも》。

その雲《くも》が、青空《あおぞら》の中《なか》を長《なが》い線《せん》を引《ひ》くように延《の》びていたのだ。

それは1本《ぽん》だけではない。

何本《なんぼん》も空《そら》に延《の》びている。

「飛行機雲《ひこうきぐも》かな？」

香保《かほ》がつぶやくと、真治《しんじ》が首《くび》を横《よこ》に振《ふ》った。

「そうじゃないだろう。よく見《み》てみろよ。縦《たて》に延《の》びている雲《くも》もあれば、横《よこ》に延《の》びてる雲《くも》もあるぞ」

飛行機雲《ひこうきぐも》は普通《ふつう》、一直線《いっちょくせん》に延《の》びるだけだ。縦《たて》や横《よこ》に何本《なんぼん》も残《のこ》るはずがない。

「じゃあ、あの雲《くも》はなんなの？」

「さあ、俺《おれ》には分《わ》からないけど……」

奇妙《きみょう》な雲《くも》は網目《あみめ》のように何本《なんぼん》も重《かさ》なり合《あ》い、香保《かほ》たちがいるこの町《まち》の上空《じょうくう》に覆《おお》い被《かぶ》さっているように見《み》えた。

「なんか不気味《ぶきみ》だよな」

「うん、ちょっと怖《こわ》い……」

空《そら》は晴《は》れているのに、なぜこの町《まち》の上空《じょうくう》だけが？

香保《かほ》も真治《しんじ》もこんな雲《くも》は今《いま》まで一度《いちど》も見《み》たことがなかった。


「おい、あの人《ひと》！」


ホームに目《め》をやった真治《しんじ》が、突然大《とつぜんおお》きな声《こえ》を出《だ》した。

「今度《こんど》はなに？」

「あの人《ひと》、ほらっ、あれ！」

真治《しんじ》は興奮気味《こうふんぎみ》にホームの端《はし》を指《ゆび》さす。

そこには、上《のぼ》り電車《でんしゃ》を待《ま》つスーツ姿《すがた》の中年男性《ちゅうねんだんせい》が立《た》っていた。

「ただのおじさんだけど。さっきからあそこにいたよ」

「ちゃんと見《み》ろ。あの人《ひと》、変《へん》なんだよ！」

てみた。

「変《へん》？」

香保《かほ》は真治《しんじ》がなぜそんなことを言《い》っているのか分《わ》からなかったが、とりあえず男性《だんせい》をじっと見《み》てみた。

たしかに、何《なに》かがおかしい。

香保《かほ》は目《め》を大《おお》きく開《ひら》いて、もう一度《いちど》男性《だんせい》を見《み》てみる。

「そんな……」

そこに立《た》っていたのは、たしかにスーツを着《き》た中年《ちゅうねん》の男性《だんせい》だった。

しかしなぜか、男性《だんせい》は頭《あたま》を掻《か》いた姿《すがた》のまま、ピクリとも動《うご》かないのだ。

よく見《み》ると、男性《だんせい》の顔《かお》が灰色《はいいろ》になっている。

顔《かお》だけではない。首《くび》も手《て》も、服《ふく》から出《で》ている肌《はだ》の部分《ぶぶん》がすべて、灰色《はいいろ》になっていた。

「あれって、もともと石像《せきぞう》だったんだよな？」

「違《ちが》うよ。さっきは普通《ふつう》に動《うご》いてたよ……」

「じゃあなんであんな風《ふう》になってるんだよ？」

好奇心《こうきしん》が強《つよ》い真治《しんじ》は、恐《おそ》る恐《おそ》る男性《だんせい》に近《ちか》づくと、声《こえ》をかけた。

「あ、あの、大丈夫《だいじょうぶ》ですか？」

真治《しんじ》はそう言《い》いながら、男性《だんせい》の肩《かた》にそっと触《ふ》れる。
すると――、

バタンッ！


男性《だんせい》がバランスを崩《くず》し、そのまま仰向《あおむ》けに倒《たお》れた。

「きゃあああ!!」

「だ、大丈夫《だいじょうぶ》ですか！」

真治《しんじ》は男性《だんせい》を抱《だ》き起《お》こそうとする。

だが、男性《だんせい》はまったく動《うご》かず、頭《あたま》を掻《か》いた姿《すがた》のまま石像《せきぞう》のように固《かた》まっていた。

「お兄《にい》ちゃん、なんなのこれ？」

「分《わ》かるわけないだろ！」

香保《かほ》はキョロキョロと辺《あた》りを見回《みまわ》す。

「そうだ、駅員《えきいん》さんに助《たす》けてもらおうよ！」

「そ、そうだな！」

香保《かほ》と真治《しんじ》は、急《いそ》いで改札口《かいさつぐち》へと向《む》かった。

「あの、すいません!」

改札口《かいさつぐち》にやってきた2人《ふたり》は、駅員室《えきいんしつ》にいる駅員《えきいん》に声《こえ》をかけた。

「大変《たいへん》なんです!」

「ホームでおじさんが石像《せきぞう》みたいになってるんです!」

香保《かほ》と真治《しんじ》は、イスに座《すわ》っている2人《ふたり》の駅員《えきいん》に向《む》かってそう叫《さけ》んだ。

しかし……。

「香保《かほ》、あれって……」

「うん、あれって……」

視線《しせん》の先《さき》に見《み》えていたのは、イスに座《すわ》って石像《せきぞう》のように固《かた》まっている2人《ふたり》の駅員《えきいん》だった。

「どうなってんだよ?」

「駅員《えきいん》さん、さっきまで普通《ふつう》に喋《しゃべ》ってたのに……」

「ヤバイよ、この駅《えき》、何《なに》かおかしいよ」

真治《しんじ》は改札口《かいさつぐち》のほうを見《み》た。

「香保《かほ》、逃《に》げるぞ！」

「えっ？」

「この駅《えき》にいたら危険《きけん》だ！」

「でも」

「いいから、早《はや》く！」

「お兄《にい》ちゃん!!」

真治《しんじ》はそう言《い》って切符《きっぷ》を改札口《かいさつぐち》に置《お》くと、そのまま外《そと》へ出《で》た。

香保《かほ》もあわてて後《あと》に続《つづ》く。

2人《ふたり》は逃《に》げるように駅《えき》から飛《と》び出《だ》した。


しかし、駅《えき》から出《で》た瞬間《しゅんかん》。

香保《かほ》と真治《しんじ》は思《おも》わず立《た》ち止《ど》まった。

駅前《えきまえ》のロータリーには10人《にん》ほどの人《ひと》がいたが、老人《ろうじん》も若者《わかもの》も主婦《しゅふ》もその主婦《しゅふ》に抱《だ》かれた赤《あか》ちゃんも、みんな石像《せきぞう》のようにピクリとも動《うご》かなかったのだ。

「こんなのあり得《え》ないよ……」

「あ、ああ……」

香保《かほ》たちは何《なに》がどうなっているのかまったく理解《りかい》できない。

だがそのとき、香保《かほ》は真治《しんじ》のほうに顔《かお》を向《む》けた。

「そうだ、電話《でんわ》！　電話《でんわ》で助《たす》けを呼《よ》ぼう！」

「電話《でんわ》……。そうか！」

真治《しんじ》はあわててポケットからスマホを取《と》り出《だ》すと、母親《ははおや》に電話《でんわ》をかけようとした。

しかし、すぐにスマホから耳《みみ》を離《はな》してしまう。

「どうしたの？」

「それが……」

真治《しんじ》は香保《かほ》にスマホを見《み》せた。

「電話《でんわ》が全然通《ぜんぜんつう》じないんだ」

「えっ？」

香保《かほ》は真治《しんじ》が持《も》っているスマホを奪《うば》うと、耳《みみ》に当《あ》ててみた。

だが、電波《でんぱ》が届《とど》いていないのか、呼《よ》び出《だ》し音《おん》すら聞《き》こえない。

香保《かほ》は自分《じぶん》のスマホを取《と》り出《だ》し電話《でんわ》をかけようとしたが、やはりまったく通《つう》じなかった。

「だったらネットは？　メールなら送《おく》れるかも！」

香保《かほ》はスマホのボタンを押《お》してみる。

が、ネットもまったく繋《つな》がらず、メールも送《おく》ることができない。

「なんで？　どうして？」


「ナゼ動《うご》イテル？」


突然《とつぜん》、背後《はいご》から声《こえ》が響《ひび》く。

男《おとこ》の低《ひく》いこもった声《こえ》だ。

香保《かほ》と真治《しんじ》はハッとして、その声《こえ》がしたほうを振《ふ》り返《かえ》った。

そこには、白《しろ》い防具服《ぼうぐふく》で全身《ぜんしん》を覆《おお》った不気味《ぶきみ》な男《おとこ》が立《た》っていた。

男《おとこ》は防護用《ぼうごよう》の大《おお》きなマスクを頭《あたま》から被《かぶ》っており、顔《かお》がよく見《み》えない。

しかし香保《かほ》と真治《しんじ》のほうをじっと見《み》ていることだけは分《わ》かった。

「あ、あの……」

真治《しんじ》は男《おとこ》に声《こえ》をかけてみる。

だが、男《おとこ》はそれには反応《はんのう》せず、ひとりでしゃべり続《つづ》けた。

「ナゼダ、ナゼダ、ナゼ動《うご》イテル?」

男《おとこ》は同《おな》じ側《がわ》の手足《てあし》を同時《どうじ》に動《うご》かすと、身体《からだ》を大《おお》きく揺《ゆ》らしながらゆっくりと2人《ふたり》のほうへ近《ちか》づいて来《き》た。

「な、なんだよあの人《ひと》⁉」

それはとても人間《にんげん》の動《うご》きとは思《おも》えない。

ロボット、いや、操《あやつ》り人形《にんぎょう》のように見《み》える。

男《おとこ》はゆっくりと香保《かほ》たちに迫《せま》ってきた。

「お兄《にい》ちゃん、逃《に》げよう!」

「あ、ああ!」

2人《ふたり》は怖《こわ》くなって、あわててその場《ば》から逃《に》げ出《だ》した。


駅前《えきまえ》の商店街《しょうてんがい》を走《はし》りながら、香保《かほ》たちはパニックになっていた。

「あの男《おとこ》なんなの？」

「どうして防護服《ぼうごふく》なんか着《き》てたんだよ！」

見《み》ると、商店街《しょうてんがい》にいる人《ひと》たちも、みんな石像《せきぞう》のように固《かた》まっている。

「どうしてこんなことに？」

香保《かほ》たちはわけが分《わ》からないまま、それでも走《はし》り続《つづ》けた。


パァァァーン、パァァァーン、パァァァーン。

どこかから、ラッパのような音《おと》が聞《き》こえてきた。

パァァァーン、パァァァァーン、パァァァーン。

音《おと》はだんだん大《おお》きくなっていく。

「なんの音《おと》？」

「分《わ》からないよ！」

そのとき、商店街《しょうてんがい》の向《む》こうから誰《だれ》かが歩《ある》いて来《く》るのが見《み》えた。

「良《よ》かった！　動《うご》いてる人《ひと》がいる！」

真治《しんじ》は助《たす》けを求《もと》めて、その人《ひと》のもとへ駆《か》け出《だ》そうとする。

「待《ま》って！」

そんな真治《しんじ》を香保《かほ》が制止《せいし》する。

目《め》を凝《こ》らして見《み》てみると、歩《ある》いて来《く》るのは普通《ふつう》の人《ひと》ではなかった。

それは、先《さき》ほどの男《おとこ》と同《おな》じように全身《ぜんしん》を防護服《ぼうごふく》で覆《おお》った人《ひと》だった。

同《おな》じ側《がわ》の手足《てあし》を同時《どうじ》に動《うご》かし、身体《からだ》を大《おお》きく揺《ゆ》らしながらゆっくりと歩《ある》いて来《く》る。

それもひとりではない。

商店街《しょうてんがい》の路地《ろじ》や店《みせ》の中《なか》から、10人《にん》ほどの人々《ひとびと》が姿《すがた》を現《あらわ》し、香保《かほ》たちのもとへ迫《せま》ってきていたのだ。

「うわあ！」

「お兄《にい》ちゃん、こっち！」

香保《かほ》は真治《しんじ》を連《つ》れ、来《き》た道《みち》を戻《もど》ろうとした。

しかし、振《ふ》り返《かえ》ったその先《さき》にも、防護服《ぼうごふく》を着《き》た人々《ひとびと》が迫《せま》ってきていた。


「ナゼダ、ナゼダ、ナゼ動《うご》イテル？」


防護服《ぼうごふく》を着《き》た人々《ひとびと》が口々《くちぐち》にそう言《い》う。

「あのラッパの音《おと》は、仲間《なかま》を呼《よ》ぶための音《おと》だったんだ……」

「お兄《にい》ちゃん、私怖《わたしこわ》い……」

2人《ふたり》はあまりの恐怖《きょうふ》に、その場《ば》に立《た》ち尽《つ》くしてしまった。


「つちだ――」

ふいに、香保《かほ》の耳《みみ》に誰《だれ》かの小《ちい》さな声《こえ》が聞《き》こえた。

「誰《だれ》？」

「こっちだ――」

再《ふた》び声《こえ》がする。

香保《かほ》は声《こえ》がした方向《ほうこう》をじっと見《み》つめた。

すると、店《みせ》と店《みせ》の間《あいだ》の細《ほそ》い路《ろ》地《じ》にある電信柱《でんしんばしら》の陰《かげ》に、ひとりの少年《しょうねん》が立《た》っているのが見《み》えた。

「2人《ふたり》ともこっちだ」

短《みじか》く声《こえ》を出《だ》すと2人《ふたり》を手招《てまね》きする。

なぜか彼《かれ》だけは石像《せきぞう》のようにはなっていないようだ。

「お兄《にい》ちゃん！」

「ああ」

ほかに選択肢《せんたくし》はない。

香保《かほ》たちは、急《いそ》いで少年《しょうねん》のもとへと走《はし》った。

商店街《しょうてんがい》の細《ほそ》い路《ろ》地《じ》を抜《ぬ》けると、片側《かたがわ》2車線《しゃせん》の大《おお》きな道路《どうろ》へ出《で》た。

道路《どうろ》の向《む》こうには海《うみ》が広《ひろ》がっている。

香保《かほ》と真治《しんじ》は、その道路《どうろ》を少年《しょうねん》について走《はし》り続《つづ》けた。

「ねえ、あなたは誰《だれ》なの？」

「僕《ぼく》は千野《せんの》フシギ」

少年《しょうねん》はそう名乗《なの》った。

「どうしてみんな石像《せきぞう》みたいになってるの？」

「この町《まち》のせいだ」

「この町《まち》の……？」

香保《かほ》も真治《しんじ》もフシギの言《い》っていることがまったく理解《りかい》できなかった。

フシギはふいに立《た》ち止《ど》まると、手《て》を伸《の》ばし香保《かほ》たちにも止《と》まるよう指示《しじ》を出《だ》した。

視線《しせん》の先《さき》には、この町《まち》ととなりの町《まち》を区切《くぎ》る大《おお》きな橋《はし》が見《み》えている。

その橋《はし》のたもとには、防護服《ぼうごふく》を着《き》た人《ひと》たちが、数《かぞ》え切《き》れないほど集《あつ》まっていた。

「あいつら何《なに》してるんだ？」

「この町《まち》から出《で》るには、あの橋《はし》を渡《わた》るしかない」

「もしかして、俺《おれ》たちを待《ま》ち伏《ぶ》せしてるのか？」

「そんな！　ねえ、この町《まち》はなんなの？」

香保《かほ》がそう言《い》うと、フシギは2人《ふたり》をじっと見《み》つめた。

「この町《まち》は、『呪《のろ》い雲《ぐも》』に支配《しはい》された町《まち》だ」


「呪《のろ》い雲《ぐも》？」

「それってもしかして……」

真治《しんじ》と香保《かほ》は同時《どうじ》に空《そら》を見上《みあ》げる。

そこには、煙《けむり》のようにモクモクとした雲《くも》が網目《あみめ》のように何本《なんぼん》も重《かさ》なり合《あ》って延《の》びていた。

「この奇妙《きみょう》な雲《くも》が、呪《のろ》い雲《ぐも》……ってこと？」

香保《かほ》がそうつぶやくと、フシギは小《ちい》さくうなずいた。

「呪《のろ》い雲《ぐも》の正式《せいしき》な名前《なまえ》は『ケムトレイル』。都市伝説《としでんせつ》の怪現象《かいげんしょう》だ」

「都市伝説《としでんせつ》？　怪現象《かいげんしょう》？」

「あれは一見《いっけん》、飛行機雲《ひこうきぐも》のように見《み》えるけど、ただの雲《くも》じゃない。あの雲《くも》が町《まち》を覆《おお》っている間《あいだ》、その下《した》にいる人々《ひとびと》はみんな、本人《ほんにん》たちが知《し》らない間《あいだ》に石像《せきぞう》のように固《かた》まってしまうんだ」

「えっ？」

香保《かほ》は駅《えき》や商店街《しょうてんがい》で見《み》た人々《ひとびと》の姿《すがた》を思《おも》い出《だ》した。

あれは呪《のろ》い雲《ぐも》のせいだったのだ。

「じゃあ、あの防護服《ぼうごふく》の奴《やつ》らは？　あいつらは何者《なにもの》なんだよ？」

真治《しんじ》が興奮《こうふん》しながらフシギにたずねた。

「彼《かれ》らは『自由《じゆう》を楽《たの》しむ存在《そんざい》』。呪《のろ》い雲《ぐも》が出《で》ている間《あいだ》だけ、この町《まち》で自由《じゆう》を楽《たの》しむことができるんだ。彼《かれ》らは極端《きょくたん》に人間《にんげん》を怖《こわ》がっていて、それで万《まん》が一《いち》のことを考《かんが》えて、あんな防護服《ぼうごふく》を着《き》てるんだ」

自由《じゆう》を楽《たの》しむ存在《そんざい》？

極端《きょくたん》に人間《にんげん》を怖《こわ》がってる？

香保《かほ》も真治《しんじ》もフシギの言《い》っていることがますます分《わ》からなくなってしまった。

「そんなことより、キミたちはどうやってこの町《まち》に迷《まよ》い込《こ》んだ？」

フシギが2人《ふたり》にたずねた。

「それがよく分《わ》からなくて。たまたま駅《えき》に降《お》りただけだったのに……」

香保《かほ》はこの町《まち》にきた経緯《けいい》をフシギに話《はな》した。

「なるほど。つまりキミたちはこの町《まち》の住人《じゅうにん》ではないってことか」

「そうなの」

「この町《まち》に住《す》んでいない人間《にんげん》がこの町《まち》に足《あし》を踏《ふ》み入《い》れるなんて、おそらく数十年《すうじゅうねん》ぶりのことだろうね」

「どういう意味《いみ》？」

「この町《まち》はね、住《す》んでる人《ひと》以外《いがい》、誰《だれ》も訪《おとず》れない特殊《とくしゅ》な町《まち》なんだ」

「住《す》んでる人《ひと》以外《いがい》誰《だれ》も訪《おとず》れない？　そんな町《まち》あるわけないだろ」

それを聞《き》いた真治《しんじ》がフシギにかみついた。

「キミたちにも覚《おぼ》えがないかい？　名前《なまえ》は知《し》ってるけど一度《いちど》も行《い》ったことのない近所《きんじょ》の町《まち》とか、電車《でんしゃ》でよく通《とお》るけど一度《いちど》も降《お》りたことのない駅《えき》とか。ここはね、そういう町《まち》や駅《えき》の中《なか》でももっとも珍《めずら》しい、住《す》んでる住人《じゅうにん》以外《いがい》、誰《だれ》もこない町《まち》なんだ」

「そんな……」

真治《しんじ》は信《しん》じられない様子《ようす》だった。

香保《かほ》も同《おな》じである。

すると、フシギはふっと笑《わら》った。

「誰《だれ》も訪《おとず》れない町《まち》にキミたちはやってきた。つまり、あいつが都市伝説《としでんせつ》のルールを変《か》えたんだ」

「あいつって……？」

と、真治《しんじ》がフシギにたずねたが――。

「痒《かゆ》っ」

香保《かほ》は足首《あしくび》をポリポリと掻《か》いた。

何《なに》かがおかしい。足首《あしくび》の部分《ぶぶん》が妙《みょう》に固《かた》いのだ。

見《み》ると、右足《みぎあし》の足首《あしくび》が灰色《はいいろ》になっていた。

「これって……！」

「香保《かほ》、見《み》てくれ！」

となりに立《た》っていた真治《しんじ》が声《こえ》をあげる。

見《み》ると、真治《しんじ》の右足《みぎあし》の足首《あしくび》も灰色《はいいろ》になっていた。

「どうやら、キミたちも身体《からだ》が固《かた》まり始《はじ》めたようだね」

フシギが冷静《れいせい》に言《い》う。

「固《かた》まるって、私《わたし》たちもこの町《まち》の人《ひと》たちみたいになるってこと？」

「呪《のろ》い雲《ぐも》の力《ちから》が、キミたちの身体《からだ》にも染《し》みこんできたんだ」

フシギの話《はなし》によると、呪《のろ》い雲《ぐも》は定期的《ていきてき》にこの町《まち》の上《うえ》に現《あらわ》れるらしい。

「呪《のろ》い雲《ぐも》が出《で》ている数十分《すうぶん》から数時間《すうじかん》、住民《じゅうみん》たちはみんな固《かた》まってしまう。その間《かん》の記憶《きおく》はないし、自由《じゆう》を楽《たの》しむ存在《そんざい》のことも知《し》らない。だが……」

フシギはじっと2人《ふたり》を見《み》つめる。

「もし一度《いちど》でも石像《せきぞう》のように固《かた》まってしまったら、二度《にど》とこの町《まち》から出《で》ることはできない。あと10分《ぷん》、いや5分《ふん》。一刻《いっこく》も早《はや》くこの町《まち》から出《で》なければ……」

香保《かほ》たちはゴクリと喉《のど》を鳴《な》らした。

「キミたちは完全《かんぜん》に固《かた》まってしまう」

あと5分《ふん》……。

となりの町《まち》に行《い》くには、あの橋《はし》を渡《わた》るしかない。

しかしそこには防護服《ぼうごふく》を着《き》た自由《じゆう》を楽《たの》しむ存在《そんざい》たちが大勢《おおぜい》待《ま》ち構《かま》えている。

気《き》づくと、香保《かほ》たちの足《あし》はすねの辺《あた》りまで灰色《はいいろ》になってきていた。

「香保《かほ》、どうしよう！」

「どうしようって言《い》われても」

香保《かほ》はうろたえる真治《しんじ》を頼《たよ》りなく思《おも》いながらも、フシギのほうを見《み》た。

フシギはなぜか身体《からだ》が固《かた》まっていなかった。

彼《かれ》は町《まち》の住人《じゅうにん》でも、自由《じゆう》を楽《たの》しむ存在《そんざい》でもないのだろうか。

彼《かれ》なら助《たす》けてくれるかもしれない。

「ねえ、私《わたし》たちこの町《まち》から出《で》たいの。お願《ねが》い、手伝《てつだ》って！」

フシギは小《ちい》さな溜《た》め息《いき》を漏《も》らした。

「まったく。本来《ほんらい》ならさっきも助《たす》けるつもりはなかったのに。だけど、キミたちがこの町《まち》にいると僕《ぼく》の用事《ようじ》がやり辛《づら》くなる」

「用事《ようじ》？」

「それはキミたちには関係《かんけい》ないことだ。……仕方《しかた》ない。僕《ぼく》の後《あと》についてきて」

「本当《ほんとう》に？」

「ただし、チャンスは1回《かい》だ」

フシギはそう言《い》うと、そばに落《お》ちていた拳《こぶし》ぐらいの石《いし》を手《て》に取《と》り、橋《はし》をじっと見《み》つめた。

「行《い》くよ」

フシギの言葉《ことば》に香保《かほ》はうなずく。

だが、真治《しんじ》は動《うご》こうとしない。

「香保《かほ》、俺《おれ》なんか怖《こわ》い……もし失敗《しっぱい》したら……」

「お兄《にい》ちゃん……」

「だって、石像《せきぞう》みたいになっても死《し》にはしないんだろ。何《なに》もしないほうが良《い》いよ」

「あのね！　ちょっとはしっかりしてよ！」

「だ、だけど……」

「あ〜、もう！　情《なさ》けないわね！」

香保《かほ》は真治《しんじ》の手《て》を掴《つか》むと、フシギのほうを見《み》た。

次《つぎ》の瞬間《しゅんかん》、フシギは橋《はし》に向《む》かって走《はし》り出《だ》した。

香保《かほ》も真治《しんじ》を連《つ》れて走《はし》る。

走《はし》りながら、フシギは石《いし》を持《も》った手《て》を大《おお》きく振《ふ》りかぶると、

「はあああっ！！！」

と声《こえ》を出《だ》し、その石《いし》を思《おも》いきり遠《とお》くに投《な》げた。

ドスンッ——。

石《いし》は、橋《はし》とは反対側《はんたいがわ》の方向《ほうこう》に落《お》ち、大《おお》きな音《おと》を響《ひび》かせた。

防護服《ぼうごふく》を着《き》た自由《じゆう》を楽《たの》しむ存在《そんざい》たちが一斉《いっせい》にその方向《ほうこう》を見《み》る。

そしてそのまま石《いし》の落《お》ちた場所《ばしょ》へ身体《からだ》を大《おお》きく揺《ゆ》らしながら歩《ある》き始《はじ》めた。

「今《いま》だ！」

フシギは2人《ふたり》をチラリと見《み》ると、自由《じゆう》を楽《たの》しむ存在《そんざい》がひとりもいなくなった橋《はし》のたもとへと走《はし》った。

「お兄《にい》ちゃん！」

「ああ!!」

香保《かほ》と真治《しんじ》も、フシギの後《あと》に続《つづ》く。

橋《はし》は50メートルほどの長《なが》さがある。

3人《にん》はたもとまでやって来《く》ると、その橋《はし》を渡《わた》ろうと走《はし》り続《つづ》けた。

しかし、道路《どうろ》の向《む》こう側《がわ》を歩《ある》いていた自由《じゆう》を楽《たの》しむ存在《そんざい》のひとりが、香保《かほ》たちの姿《すがた》に気《き》づいた。

「ナゼダ、ナゼダ、ナゼ動《うご》イテル?」

すると、他《ほか》の自由《じゆう》を楽《たの》しむ存在《そんざい》たちも一斉《いっせい》に橋《はし》のほうを見《み》た。

「ナゼダ、ナゼダ、ナゼ動《うご》イテル?」

「急《いそ》げ!」

フシギが大《おお》きな声《こえ》を出《だ》す。

香保《かほ》と真治《しんじ》は恐怖《きょうふ》で動《うご》けなくなりそうになるのを必死《ひっし》にこらえ、走《はし》り続《つづ》けた。

だがそのとき――、

「きゃっ!」

香保《かほ》が地面《じめん》の窪《くぼ》みに足《あし》を取《と》られ、転《ころ》んでしまった。

「香保《かほ》!」

自由《じゆう》を楽《たの》しむ存在《そんざい》たちが大勢《おおぜい》、倒《たお》れた香保《かほ》に迫《せま》って来《く》る。

「こ、来《こ》ないで！」

香保《かほ》は逃《に》げようとするが、灰色《はいいろ》に変《か》わり始《はじ》めた足《あし》は普段《ふだん》のように動《うご》かせなくなっていた。

「ナゼダ、ナゼダ、ナゼ動《うご》イテル？」

自由《じゆう》を楽《たの》しむ存在《そんざい》たちは香保《かほ》の目《め》の前《まえ》まで迫《せま》って来《く》ると、彼女《かのじょ》を捕《と》らえようとした。

「嫌《いや》あああ!!」

「やめろッ!!　妹《いもうと》に近《ちか》づくな!!」

瞬間《しゅんかん》、真治《しんじ》が自由《じゆう》を楽《たの》しむ存在《そんざい》たちに体当《たいあ》たりした。

「お兄《にい》ちゃん！」

「香保《かほ》！　早《はや》く立《た》て！」

真治《しんじ》は香保《かほ》に向《む》かって手《て》を伸《の》ばす。

「うん！」

香保《かほ》の手《て》が兄《あに》の手《て》をしっかり掴《つか》んだ。

だが、香保《かほ》の足《あし》は思《おも》うように動《うご》かない。

「立《た》て！　香保《かほ》！」

真治《しんじ》は妹《いもうと》を抱《だ》きとめようとしたが、目《め》の前《まえ》に自由《じゆう》を楽《たの》しむ存在《そんざい》が現《あらわ》れた。

「香保《かほ》から離《はな》れろッ！」

真治《しんじ》はそいつを渾身《こんしん》の力《ちから》で突《つ》き飛《と》ばした。

すると、自由《じゆう》を楽《たの》しむ存在《そんざい》が大《おお》きくよろけ、地面《じめん》に倒《たお》れた。

衝撃《しょうげき》で、被《かぶ》っていた防護用《ぼうごよう》の大《おお》きなマスクが外《はず》れ、顔《かお》が見《み》える。

その顔《かお》を見《み》て、香保《かほ》と真治《しんじ》は思《おも》わず目《め》を大《おお》きく開《ひら》いた。


それはなんと、マネキンの顔《かお》だったのだ。


「そんな……」

香保《かほ》は恐怖《きょうふ》のあまり、真治《しんじ》の身体《からだ》にしがみ付《つ》く。

真治《しんじ》もおびえ、身体《からだ》を震《ふる》わせていた。


「見《み》タナ、見《み》タナ、見《み》タナ」

他《ほか》の自由《じゆう》を楽《たの》しむ存在《そんざい》たちも次々《つぎつぎ》と自分《じぶん》のマスクを脱《ぬ》ぎ始《はじ》めた。

その顔《かお》はみな、マネキンの顔《かお》である。

「見《み》タナ、見《み》タナ、見《み》タナ」

マネキンたちは同《おな》じ側《がわ》の手足《てあし》を同時《どうじ》に動《うご》かすと、身体《からだ》を大《おお》きく揺《ゆ》らしながらゆっくりと2人《ふたり》に迫《せま》ってきた。

「香保《かほ》……」

「お兄《にい》ちゃん……」

2人《ふたり》はおびえながら、ジリジリと後《うし》ろに下《さ》がった。

そんな2人《ふたり》にマネキンたちが襲《おそ》いかかろうとする。

だがなぜか、香保《かほ》たちを襲《おそ》うことはなかった。

目《め》の前《まえ》にいるのに、それ以上前《いじょうまえ》に進《すす》んで来《こ》なかったのだ。

「もう大丈夫《だいじょうぶ》。彼《かれ》らはこれ以上《いじょう》こっちには来《こ》れないから」

フシギが香保《かほ》たちにそう言《い》う。

「どういうこと？」

「これさ」

フシギは香保《かほ》たちの足元《あしもと》を指《ゆび》さした。

いつの間《ま》にか2人《ふたり》は橋《はし》を渡《わた》りきっていた。

「彼《かれ》らはとなりの町《まち》に入《はい》ることはできない」

おびえながらジリジリと下《さ》がったとき、気《き》づかずにとなり町《まち》に入《はい》ったのだ。

「私《わたし》たち、助《たす》かったんだ……」


しかし、フシギはそんな2人《ふたり》をよそに、再《ふたた》びマネキンたちがいるほうへと歩《ある》き始《はじ》めた。

「ちょっとどこ行《い》くの？」

「町《まち》へ戻《もど》るんだ」

「危険《きけん》だよ！」

「僕《ぼく》はあの町《まち》に用事《ようじ》があるんだ」

「でも……」

「それより、自分《じぶん》の足《あし》を見《み》てみろ」

ハッとして、香保《かほ》たちは自分《じぶん》の足《あし》を見《み》た。

「あっ！」

足《あし》は元《もと》に戻《もど》っていた。

「これでキミたちはもう何《なん》の心配《しんぱい》もいらない。この町《まち》を訪《おとず》れない限《かぎ》り、身体《からだ》が固《かた》まることもない」

そしてフシギは香保《かほ》たちをじっと見《み》つめた。

「ただし、このことは他《ほか》の人《ひと》には言《い》わないほうがいい」

そう言《い》って、フシギはスウッと目線《めせん》をとなり町《まち》の道路《どうろ》のほうへと移《うつ》した。

そこには1台《だい》の真《ま》っ黒《くろ》な車《くるま》が停《と》まっている。

車内《しゃない》には、サングラスをかけた黒《くろ》いスーツを着《き》た男《おとこ》の人《ひと》が2人《ふたり》乗《の》っていた。

「あの人《ひと》たちがどうしたの？」

「これだけ人目《ひとめ》につく大《おお》きな呪《のろ》いだ。気《き》づいたのがキミたちだけというのは考《かんが》えにくい。呪《のろ》いというのは、誰《だれ》もが恐《おそ》ろしがるわけじゃないんだ。この呪《のろ》いを利用《りよう》しようと思《おも》う人間《にんげん》も世《よ》の中《なか》にはたくさんいる」

フシギは男《おとこ》たちをにらむように見《み》つめた。

彼《かれ》らが何者《なにもの》なのか、香保《かほ》たちには分《わ》からない。

ただ、普通《ふつう》の人《ひと》たちでないことだけは理解《りかい》できた。

「キミたちがこのことを誰《だれ》にも話《はな》さなければ、彼《かれ》ら、いや彼《かれ》らの組織《そしき》も近《ちか》づいて来《こ》ないだろう。このことは忘《わす》れるんだ。そして二度《にど》とこの町《まち》へ戻《もど》ってきてはいけない」

フシギはそう言《い》うと、何《なに》かをギュッと握《にぎ》り締《し》めた。

それは真《ま》っ赤《か》な手帳《てちょう》である。

フシギはまっすぐ前《まえ》を見《み》つめると、香保《かほ》たちのほうを振《ふ》り返《かえ》ることなく、元《もと》の町《まち》へと歩《ある》き始《はじ》めた。


数時間後《すうじかんご》。

香保《かほ》と真治《しんじ》は無事《ぶじ》、祖母《そぼ》の家《いえ》にたどり着《つ》いた。

もう夜《よる》になっていた。

祖母《そぼ》は2人《ふたり》が遅《おそ》かったことを心配《しんぱい》したが、彼《かれ》らは「途中《とちゅう》でご飯《はん》を食《た》べていた」と嘘《うそ》をついた。

その後《ご》、香保《かほ》と真治《しんじ》は誰《だれ》にもあの町《まち》のことは話《はな》していない。

あの町《まち》と、あの町《まち》で出会《であ》った少年《しょうねん》のことは、2人《ふたり》だけの秘密《ひみつ》だった。

5つ目《め》の町《まち》

逃《に》げる男《おとこ》

足《あし》が速《はや》い、ありえないほどジャンプ力《りょく》がある、など、
この男《おとこ》を見《み》た人《ひと》は、その運動能力《うんどうのうりょく》に驚《おどろ》くという。
見《み》た目《め》のインパクトも大《おお》きいため、
写真《しゃしん》を含《ふく》め、ネット上《じょう》にはさまざまな目撃情報《もくげきじょうほう》があふれている。

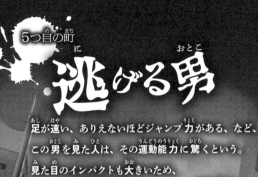

男《おとこ》は追《お》いかけられていた。

「待《ま》てー！」

「逃《に》げるなー！」

男《おとこ》に向《む》かって走《はし》りながら叫《さけ》んでいるのは、小学生《しょうがくせい》の子供《こども》たちである。

「捕《つか》まえろ！」

「捕《つか》まえたら有名《ゆうめい》になれるぞ！」

子供《こども》たちの手《て》には、木《き》の枝《えだ》や石《いし》が握《にぎ》られている。

なかにはスマホを持《も》っている子供《こども》もいた。

(なんでや、なんで俺《おれ》がこんな目《め》に遭《あ》わなあかんのや！)

男《おとこ》は必死《ひっし》に走《はし》りながら、心《こころ》の中《なか》で何度《なんど》もそうボヤいた。

冬《ふゆ》だというのに、男《おとこ》の額《ひたい》からは大粒《おおつぶ》の汗《あせ》が流《なが》れる。

寝《ね》ていないせいで目《め》も血走《ちばし》っている。

「止《と》まれー！」

先頭《せんとう》を走《はし》っていた子供《こども》が、持《も》っていた石《いし》を男《おとこ》に向《む》かって投《な》げた。

「わっ！」

石《いし》は勢《いきお》い良《よ》く飛《と》んできて、男《おとこ》の真横《まよこ》に落《お》ちる。

「こらっ、危《あぶ》ないやろ！」

男《おとこ》は思《おも》わず怒鳴《どな》った。

「しゃ、喋《しゃべ》った……」

男《おとこ》を見《み》て、子供《こども》たちは目《め》を大《おお》きく開《ひら》く。

「本物《ほんもの》だ！」

(しまった！)

「怖《こわ》い！」

「気持《きも》ち悪《わる》い‼」

子供《こども》たちが一斉《いっせい》に騒《さわ》ぎ出《だ》す。

「気持《きも》ち悪《わる》いやと……？」

スマホを持《も》った子供《こども》が写真《しゃしん》を撮《と》ろうとレンズを向《む》けた。

「や、やめろ!!」

男《おとこ》はそれから逃《のが》れるように、再《ふたた》び走《はし》り出《だ》した。

「あっ、逃《に》がすな!」

「写真《しゃしん》を撮《と》らせろ!」

子供《こども》たちは大声《おおごえ》をあげながら男《おとこ》を追《お》いかける。

(くそっ、なんでや!)

逃《に》げながら、男《おとこ》は泣《な》きそうになる。

(俺《おれ》はなんも悪《わる》いことしてへん。それなのに……くそっ!)

そのとき、道路《どうろ》に停車《ていしゃ》する1台《だい》のトラックが見《み》えた。

男《おとこ》は身《み》を屈《かが》めると、そのままトラックの下《した》に隠《かく》れた。

「どこ行《い》った?」

「こっちにきたはずなのに」

目《め》の前《まえ》の道路《どうろ》を、子供《こども》たちがウロウロしている。

男《おとこ》はトラックの下《した》から、彼《かれ》らの足元《あしもと》をじっと見《み》ていた。

いつの間《ま》にか人数《にんずう》が増《ふ》えている。

家《いえ》から持《も》ってきたのか、バットを持《も》っている子供《こども》もいる。

そんなもので殴《なぐ》られたらたまらない。

「探《さが》せ！　近《ちか》くにいるはずだ！」

「絶対写真《ぜったいしゃしん》を撮《と》ってやる！」

子供《こども》たちはそう言《い》って、男《おとこ》を探《さが》してその場《ば》から去《さ》って行《い》った。


5分《ふん》。10分《ぷん》。15分《ふん》……。

男《おとこ》はその場《ば》に隠《かく》れ続《つづ》けた。

どうやら子供《こども》たちはもう近《ちか》くにはいないようだ。

「はあぁ～」

男《おとこ》は安堵《あんど》し、トラックの下《した》からゆっくり出《で》て来《く》ると、大《おお》きく溜《た》め息《いき》を漏《も》らした。

（なんで毎日《まいにち》こんな目《め》に……）

この半月間《はんつきかん》、男《おとこ》は誰《だれ》かに見《み》つかるたびに、悲鳴《ひめい》をあげて逃《に》げられたり、追《お》いかけられて捕《つか》まえられそうになっていた。

（どうして俺《おれ》が。くそ、くそ……！）

奥歯《おくば》を噛《か》み締《し》め苦々《にがにが》しい表情《ひょうじょう》を浮《う》かべる。
男《おとこ》は、半月前《はんつきまえ》のある出来事《できごと》を思《おも》い出《だ》した……。

男《おとこ》は週刊誌《しゅうかんし》のカメラマンだった。
有名人《ゆうめいじん》が密会《みっかい》をしているところを、スクープと称《しょう》して写真《しゃしん》に撮《と》るのが仕事《しごと》である。
写真《しゃしん》を撮《と》ったせいで、彼《かれ》らに嫌《きら》われても、彼《かれ》ら自身《じしん》が不幸《ふこう》になっても、関係《かんけい》ない。
男《おとこ》にとって、スクープになる写真《しゃしん》を撮《と》れるかどうかだけが重要《じゅうよう》だった。

「先輩《せんぱい》、『顔《かお》のない子供《こども》』って知《し》ってますか？」

出版社《しゅっぱんしゃ》の編集部《へんしゅうぶ》。
ある日《ひ》、男《おとこ》が打《う》ち合《あ》わせを終《お》えて雑談《ざつだん》をしていると、斉藤《さいとう》という後輩《こうはい》カメラマンがそんな話《はなし》をしてきた。

「顔《かお》のない子供《こども》？　あの都市伝説《としでんせつ》のか？」

顔《かお》のない子供《こども》というのは、フードを被《かぶ》った謎《なぞ》の子供《こども》のことだ。出会《であ》うと不思議《ふしぎ》なことに遭遇《そうぐう》してしまうらしい。

斉藤《さいとう》は「そう、それそれ」と、話《はなし》を続《つづ》けた。

「その顔《かお》のない子供《こども》が、ある町《まち》に出《で》たって言《い》うんです」

「はあ？　何言《なにい》ってんねん」

男《おとこ》は都市伝説《としでんせつ》は好《す》きだったが、そういうものが本当《ほんとう》にあるとは思《おも》っていなかった。

「僕《ぼく》ももちろん信《しん》じてはいないですよ。だけど、もしそれが本当《ほんとう》なら、大《だい》スクープになると思《おも》いませんか？」

「大《だい》スクープ……」

男《おとこ》はその言葉《ことば》に思《おも》わず食《く》いつく。

その頃《ころ》、男《おとこ》はあることに悩《なや》んでいた。

同《おな》じ出版社《しゅっぱんしゃ》で働《はたら》く同《おな》じ歳《とし》のカメラマンが、有名人《ゆうめいじん》の密会写真《みっかいしゃしん》を撮《と》ることに成功《せいこう》し、社内《しゃない》で大《おお》きな評価《ひょうか》を受《う》けていたのだ。

一方《いっぽう》、男《おとこ》はこのところ全然《ぜんぜん》スクープが撮《と》れていなかった。

（顔《かお》のない子供《こども》の写真《しゃしん》を撮《と》れれば、俺《おれ》も評価《ひょうか》されるかも……）

「たしかに、大《だい》スクープやな！」

男《おとこ》は、顔《かお》のない子供《こども》がどこの町《まち》に現《あらわ》れたのか教《おし》えてもらうことにした。


数日後《すうじつご》。

男《おとこ》は斉藤《さいとう》から教《おし》えてもらったある町《まち》へやってきた。

とくにこれといった特色《とくしょく》のない田舎《いなか》の小《ちい》さな町《まち》だ。

男《おとこ》は首《くび》からカメラをさげ、いつでも写真《しゃしん》が撮《と》れるように準備《じゅんび》すると、さっそく、町《まち》の人《ひと》たちに情報《じょうほう》を聞《き》いていくことにした。

「すいません、俺《おれ》、こういう者《もの》なんですけど」

男《おとこ》は週刊誌《しゅうかんし》の名前《なまえ》が書《か》かれた名刺《めいし》を人々《ひとびと》に見《み》せる。

ほとんどの人《ひと》は名刺《めいし》を見《み》れば安心《あんしん》し、気軽《きがる》に話《はなし》をしてくれるのだ。

「顔《かお》のない子供《こども》？　ああ、噂《うわさ》なら聞《き》いたことがあるねえ」

「この町《まち》で見《み》た人《ひと》がいるっていうのは知《し》ってるよ」

「私《わたし》が見《み》たことあるかって？　まさか、あるわけないでしょ」

みんな、顔《かお》のない子供《こども》がこの町《まち》で目撃《もくげき》されたことは知《し》っていた。

だがそれは噂《うわさ》ばかりで、朝《あさ》から晩《ばん》まで数十人《すうじゅうにん》に話《はなし》を聞《き》いたが、実際《じっさい》に見《み》た人《ひと》も、見《み》た人《ひと》を知《し》っているという人《ひと》も、ひとりもいなかった。

（くそっ、やっぱり単《たん》なる噂《うわさ》やったんか）

せっかく遠《とお》くの町《まち》までできたのに収穫《しゅうかく》が得《え》られず、男《おとこ》は悔《くや》しく思《おも》う。

だが、これ以上調《いじょうしら》べても何《なに》も出《で》てこないだろう。

男《おとこ》は仕方《しかた》なく帰《かえ》ることにした。

しかし、駅《えき》に向《む》かうために乗《の》ったタクシーの中《なか》で、男《おとこ》は驚《おどろ》きの証言《しょうげん》を得《え》た。

「顔《かお》のない子供《こども》？　よく分《わ》からないけど、最近変《さいきんへん》な子《こ》を見《み》かけますよ」

タクシーの運転手《うんてんしゅ》がそう言《い》ったのだ。

「ど、どこで見《み》たんですか？」

男《おとこ》は後部座席《こうぶざせき》から身《み》を乗《の》り出《だ》し、興奮《こうふん》ぎみにたずねた。

「町外《まちはず》れの雑木林《ぞうきばやし》ですよ」

運転手《うんてんしゅ》の話《はなし》によると、夜《よる》、タクシーを運転《うんてん》していると、町外《まちはず》れにある雑木林《ぞうきばやし》の入《い》り口《ぐち》で、ひとりの子供《こども》をよく見《み》かけるのだという。

暗《くら》くてよく分《わ》からないが、その子供《こども》はフードの付《つ》いた黒《くろ》っぽい服《ふく》を着《き》ていた。

最初《さいしょ》は近所《きんじょ》の子供《こども》なのかと思《おも》ったが、いるのは決《き》まって深夜《しんや》0時近《じちか》くで、普通《ふつう》の子供《こども》が外《そと》を歩《ある》く時間《じかん》ではない。

そもそも、雑木林《ぞうきばやし》の近《ちか》くに民家《みんか》はなく、辺《あた》りを歩《ある》いている人間《にんげん》など滅多《めった》にいなかったのだ。

男《おとこ》は、その場所《ばしょ》に連《つ》れて行《い》ってもらうことにした。


町外《まちはず》れの雑木林《ぞうきばやし》にやってきた男《おとこ》は、隠《かく》れることができそうな場所《ばしょ》を探《さが》した。

時刻《じこく》は午後《ごご》9時《じ》すぎ。

タクシーの運転手《うんてんしゅ》の言《い》っていることが本当《ほんとう》なら、顔《かお》のない子供《こども》はあと3時間《じかん》で現《あらわ》れる。

男《おとこ》はふと、雑木林《ぞうきばやし》のそばに小屋《こや》を見《み》つけた。

となりには畑《はたけ》があり、小屋《こや》には農機具《のうきぐ》や肥料《ひりょう》が置《お》かれているようだ。

（ここなら隠《かく》れられそうやな）
男《おとこ》は小屋《こや》の物陰《ものかげ》に身《み》を隠《かく》すと、雑木林《ぞうきばやし》の入《い》り口《ぐち》に向《む》かってカメラを構《かま》えた。
（さあ、早《はや》く姿《すがた》を見《み》せろ）
タクシーの運転手《うんてんしゅ》が言《い》っていたとおり、この辺《あた》りはまったく人通《ひとどお》りがない。
街灯《がいとう》もついておらず、月明《つきあ》かりだけがわずかに地面《じめん》を照《て》らしていた。
それでも男《おとこ》は、まったく動《うご》くことなく、雑木林《ぞうきばやし》の入《い》り口《ぐち》にカメラを向《む》け続《つづ》けた。
仕事柄《しごとがら》、待《ま》つのは慣《な》れている。
もし本当《ほんとう》に顔《かお》のない子供《こども》の写真《しゃしん》を撮《と》れれば、それだけで大《だい》スクープになるのだ。
男《おとこ》はひたすら午前《ごぜん》0時《じ》になるのを待《ま》った。

午後《ごご》11時《じ》50分《ぷん》。
あと10分《ぷん》でタクシーの運転手《うんてんしゅ》が言《い》っていた時刻《じこく》になる。
（そろそろやな……）
カメラを構《かま》える手《て》に自然《しぜん》と力《ちから》が入《はい》る。

そして午前《ごぜん》0時《じ》になった。


しかし、雑木林《ぞうきばやし》の入《い》り口《ぐち》には誰《だれ》もいない。

5分経《ふんた》っても、10分経《ぷんた》っても、やはり誰《だれ》も姿《すがた》を現《あらわ》さなかった。

（くそっ、スクープ写真《しゃしん》を撮《と》れると思《おも》ったのに……）

男《おとこ》はあきらめて、カメラを構《かま》えるのをやめようとした。

そのとき――、

「私《わたし》のこと、撮《と》りたいんでしょ？」


男《おとこ》はゾッとして、振《ふ》り向《む》いた。

そこには、黒《くろ》い服《ふく》を着《き》て黒《くろ》いフードを被《かぶ》った子供《こども》が立《た》っていた。

声《こえ》からすると、女《おんな》の子《こ》のようだ。

「も、もしかしてキミが！」

男《おとこ》はあわててカメラを構《かま》えるとシャッターを押《お》した。

フラッシュが焚《た》かれ、一瞬《いっしゅん》、女《おんな》の子《こ》の顔《かお》を照《て》らす。

男《おとこ》はカメラの液晶《えきしょう》モニターに映《うつ》るその顔《かお》を見《み》て、思《おも》わずギョッとした。

少女《しょうじょ》の顔《かお》には、目《め》も鼻《はな》も口《くち》もなかった。

フードの奥《おく》には、ツルンとした白《しろ》い肌《はだ》だけがあったのだ。

「ほ、本当《ほんとう》におったんや。顔《かお》のない子供《こども》は本当《ほんとう》に……」

「ねえ、私《わたし》のこと、怖《こわ》い？」

顔《かお》のない子供《こども》はスウッと動《うご》き、男《おとこ》に迫《せま》ってきた。

「く、来《く》るな！」

男《おとこ》は恐怖《きょうふ》を感《かん》じ、その場《ば》から逃《に》げようとした。

しかし、男《おとこ》の身体《からだ》は動《うご》かない。

「ねえ、怖《こわ》い？」

「あ、ああ……」

「私《わたし》のこと、怖《こわ》い？」

「ああ、あああ……」

「ねえ──」

顔《かお》のない子供《こども》はクスクスと笑《わら》いながら、男《おとこ》の目《め》の前《まえ》までやってきた。


「さあ、あなたもなりましょ。私《わたし》みたいな『怖《こわ》い存在《そんざい》』に──」


「うわあああああ!!」

次《つぎ》の瞬間《しゅんかん》、男《おとこ》の目《め》の前《まえ》には、地面《じめん》に落《お》ちて土《つち》にまみれたカメラがあった。

「このカメラ、えらい高《たか》かったのにどうしてくれるんや」

そうつぶやいたのを最後《さいご》に、男《おとこ》の記憶《きおく》はそこで途切《とぎ》れてしまった。

（あのとき、素直《すなお》に帰《かえ》ってたらよかったんや）

男《おとこ》は今《いま》さらながらに雑木林《ぞうきばやし》に行《い》ってしまったことを後悔《こうかい》していた。

この半月間《はんつきかん》、ろくに食事《しょくじ》をしていない。

睡眠《すいみん》もまともにとれていない。

人々《ひとびと》に見《み》つかるたびに、悲鳴《ひめい》をあげられたり、追《お》いかけられたりして、身《み》も心《こころ》も疲《つか》れ果《は》てていたのだ。

（だけど、それももう少《すこ》しの辛抱《しんぼう》や……）

男《おとこ》は坂《さか》の上《うえ》から、道路《どうろ》の向《む》こうを眺《なが》める。

そこには高層《こうそう》ビルが見《み》えていた。

男《おとこ》は半月《はんつき》かけて、自分《じぶん》が住《す》んでいる町《まち》へ戻《もど》ってきたのだ。


町《まち》へ戻《もど》ってきた男《おとこ》は、すぐに自分《じぶん》が勤《つと》めている出版社《しゅっぱんしゃ》へ向《む》かった。

（半月《はんつき》も連絡《れんらく》できへんかったから、みんな心配《しんぱい》してるやろな）

歩《ある》きながらそう思《おも》う。

(それに、みんななら、きっとこの状況《じょうきょう》から救《すく》ってくれるはずや)

男《おとこ》はそれだけを希望《きぼう》に、半月間《はんつきかん》も歩《ある》き続《つづ》けたのだ。

やがて、男《おとこ》は出版社《しゅっぱんしゃ》の入《はい》ったビルの前《まえ》までやってきた。

すると、入《い》り口《ぐち》に、後輩《こうはい》のカメラマン・斉藤《さいとう》の姿《すがた》が見《み》えた。

(やった！　やっと会《あ》えた！)

男《おとこ》は笑顔《えがお》になり、彼《かれ》のもとへ駆《か》け寄《よ》ろうとした。

だがそのとき、斉藤《さいとう》が一緒《いっしょ》に歩《ある》いている同僚《どうりょう》と何《なに》かを話《はな》していることに気《き》づいた。

「そう言《い》えば、先輩《せんぱい》、取材《しゅざい》に行《い》ったきり帰《かえ》ってこないよな」

どうやら男《おとこ》のことを話《はな》しているようだ。

男《おとこ》は物陰《ものかげ》からその話《はなし》を聞《き》くことにした。

「そうだっけ？　全然気《ぜんぜんき》づかなかったよ。あの人《ひと》がいなくても仕事回《しごとまわ》ってるし」

斉藤《さいとう》は同僚《どうりょう》の言葉《ことば》を否定《ひてい》せず、ケタケタと笑《わら》っている。

(な、なんやと！)

斉藤《さいとう》が新人《しんじん》だった頃《ころ》、取材《しゅざい》のやり方《かた》を教《おし》えたのは男《おとこ》だった。

それなのに……。

「ふざけるな！」

男《おとこ》は怒鳴《どな》ると、斉藤《さいとう》たちのもとへ駆《か》け寄《よ》った。

「俺《おれ》がどんだけ苦労《くろう》してここまで戻《もど》ってきたのか分《わ》かるか！　必死《ひっし》に歩《ある》いてやっとたどり着《つ》いたんやぞ！　それをお前《まえ》らよくもヌケヌケと！」

一方的《いっぽうてき》に怒鳴《どな》り続《つづ》ける男《おとこ》を見《み》て、斉藤《さいとう》たちはキョトンとした表情《ひょうじょう》を浮《う》かべた。

「せ、先輩《せんぱい》ですか……？」

「そうや！」

「本当《ほんとう》に……？」

「だからそうやって言《い》ってるやろ！」

「うわぁ、こんなことってあるんだ！　先輩《せんぱい》、ちょっと待《ま》ってくださいね……」

斉藤《さいとう》はショルダーバッグの中《なか》から何《なに》かを取《と》り出《だ》す。

それは、カメラだった。

「なっ！」

驚《おどろ》く男《おとこ》に向《む》かって、斉藤《さいとう》は容赦《ようしゃ》なくカメラを構《かま》えた。

「な、なにすんねん！」

「スクープ、頂《いただ》きます!!」

斉藤《さいとう》は戸惑《とまど》う男《おとこ》を無視《むし》して、シャッターを押《お》した。

「やめろ！」

自分《じぶん》を写真《しゃしん》に撮《と》られ続《つづ》け、男《おとこ》はパニックになる。

「やめろ！　やめろ!!　くそっ！」

男《おとこ》はあわててその場《ば》から逃《に》げ出《だ》した。

夕方《ゆうがた》。

男《おとこ》は路地裏《ろじうら》に隠《かく》れ、ひとりぼんやり空《そら》を見《み》ていた。

幸《さいわ》い、斉藤《さいとう》たちに捕《つか》まらずにすんだが、もう会社《かいしゃ》に戻《もど》ることはできそうにない。

（まさか、仲間《なかま》にまで追《お》いかけられるとはな……）

だが、そもそも彼《かれ》らは本当《ほんとう》に仲間《なかま》だったのだろうか？

男《おとこ》は自分《じぶん》がいなくなっても誰《だれ》も心配《しんぱい》していないことを思《おも》い出《だ》し、暗《くら》い表情《ひょうじょう》になった。

クゥ〜ン。

ふと、男《おとこ》のそばに1匹《ぴき》の子犬《こいぬ》が寄《よ》ってきた。

どうやら野良犬《のらいぬ》のようだ。

クゥ〜ン。クゥ〜ン。

子犬《こいぬ》は男《おとこ》の身体《からだ》に自分《じぶん》の身体《からだ》をすり寄《よ》せると、嬉《うれ》しそうに尻尾《しっぽ》を振《ふ》った。

「……お前《まえ》だけや。今《いま》の俺《おれ》に優《やさ》しくしてくれるのは」

男《おとこ》は野良犬《のらいぬ》を見《み》て思《おも》わず笑《え》みを浮《う》かべる。

しかし、これからどうすればいいのかまったく分《わ》からない。男《おとこ》はまた泣《な》きそうになってしまった。

(全部《ぜんぶ》、あの顔《かお》のない子供《こども》のせいや……)

そう思《おも》った瞬間《しゅんかん》、男《おとこ》は、あることに気《き》づいた。

(そうや……、俺《おれ》はあいつのせいでこうなってしまったんや。だったら、もう一度《いちど》あの子《こ》に会《あ》えばええんや!)

この半月間《はんつきかん》、男《おとこ》はひたすら住《す》んでいた町《まち》へ戻《もど》ることだけを考《かんが》えていた。

しかしそれでは問題《もんだい》はなにも解決《かいけつ》しないのだ。

（あの子《こ》に会《あ》って元《もと》に戻《もど》してもらえば、俺《おれ》はもう誰《だれ》からも追《お》いかけられずにすむはずや！）

男《おとこ》は、顔《かお》のない子供《こども》に会《あ》うためにあの雑木林《ぞうきばやし》へ向《む》かうことにした。


男《おとこ》は必死《ひっし》に歩《ある》き続《つづ》け、例《れい》の田舎町《いなかまち》へ戻《もど》ってきた。

時刻《じこく》は夜《よる》の10時《じ》すぎ。

（あの子《こ》が現《あらわ》れるのは、午前《ごぜん》0時《じ》ぐらいやったな）

男《おとこ》は前《まえ》と同《おな》じように、雑木林《ぞうきばやし》の入《い》り口近《ぐちちか》くにある小屋《こや》の物陰《ものかげ》に身《み》を隠《かく》すことにした。

（絶対《ぜったい》、捕《つか》まえたる。捕《つか》まえて、俺《おれ》は元《もと》の生活《せいかつ》に戻《もど》るんや）

男《おとこ》は時間《じかん》が来《く》るのを待《ま》つことにした。

11時半《じはん》になった。

辺《あた》りは暗《くら》く、シンと静《しず》まり返《かえ》り、月明《つきあ》かりだけがわずかに地面《じめん》を照《て》らしている。
男《おとこ》は小屋《こや》の物陰《ものかげ》に身《み》を隠《かく》し、雑木林《ぞうきばやし》の入《い》り口《ぐち》を見《み》つめていた。
(もうすぐや……)
男《おとこ》は顔《かお》のない子供《こども》が姿《すがた》を現《あらわ》したらすぐに飛《と》び出《だ》せる体勢《たいせい》で待《ま》ち続《つづ》けていた。
待《ま》ちながら、顔《かお》のない子供《こども》のことを思《おも》う。
「あいつのせいで……あいつのせいで……」
顔《かお》のない子供《こども》と会《あ》ったとき、男《おとこ》は恐怖《きょうふ》を覚《おぼ》えた。
できればもう二度《にど》と会《あ》いたくなかった。
しかしそれよりも、今《いま》はこんな状況《じょうきょう》にされたことが許《ゆる》せず、怒《いか》りがこみあげていた。
(会《あ》ったら噛《か》みついたる。俺《おれ》を舐《な》めるなよ……)

ガサガサッ。

突然《とつぜん》、雑木林《ぞうきばやし》の入《い》り口《ぐち》で草木《くさき》が揺《ゆ》れる音《おと》がした。
「なんや？」

男《おとこ》は目《め》を凝《こ》らしてそこをじっと見《み》つめる。

すると、雑木林《ぞうきばやし》の中《なか》から人影《ひとかげ》が出《で》てきた。

背《せ》の高《たか》さからすると、子供《こども》のようだ。

真《ま》っ暗《くら》でよく分《わ》からないが、子供《こども》はフードを被《かぶ》っていた。

(あいつや！)

男《おとこ》は心《こころ》を奮《ふる》い立《た》たせ、小屋《こや》の物陰《ものかげ》から飛《と》び出《だ》した。

雑木林《ぞうきばやし》から出《で》てきた子供《こども》は、小屋《こや》とは反対《はんたい》の方向《ほうこう》へと歩《ある》いていく。

「待《ま》て！　止《と》まれ!!」

男《おとこ》はその子供《こども》に追《お》いつこうと必死《ひっし》に走《はし》る。

(間違《まちが》いない！　あいつや！)

男《おとこ》は地面《じめん》を蹴《け》るように走《はし》り、前《まえ》を歩《ある》く子供《こども》に向《む》かって叫《さけ》んだ。

「止《と》まれ！　お前《まえ》、顔《かお》のない子供《こども》やろ！」

瞬間《しゅんかん》、子供《こども》の足《あし》がピタリと止《と》まる。

「やっぱり！　よくも俺《おれ》をこんな目《め》に遭《あ》わせやがって！」

男《おとこ》は子供《こども》に向《む》かって噛《か》み付《つ》こうとした。

しかし、子供《こども》はなぜか首《くび》を振《ふ》った。

「人違《ひとちが》いだ」

「えっ？」

男《おとこ》はその声《こえ》が少年《しょうねん》であることに気《き》づき、あわてて立《た》ち止《ど》まった。

フードの奥《おく》を見《み》ると、白《しろ》い肌《はだ》に、大《おお》きな澄《す》んだ目《め》とシュッと通《とお》った鼻《はな》すじ、そして薄《うす》く綺麗《きれい》な唇《くちびる》が見《み》える。

月明《つきあ》かりに照《て》らされた少年《しょうねん》の服《ふく》は、黒《くろ》ではなかった。

フードの付《つ》いた赤《あか》い服《ふく》を着《き》ていたのだ。

少年《しょうねん》は、フシギである。

「そんな……」

男《おとこ》は人違《ひとちが》いだったことに気《き》づき、思《おも》わず動揺《どうよう》した。

そんな男《おとこ》をフシギはじっと見《み》つめる。

「顔《かお》のない子供《こども》に呪《のろ》いをかけられたのか？」

「どうしてそれを！」
男《おとこ》が叫《さけ》ぶと、フシギはしゃがみ込《こ》み、男《おとこ》と同《おな》じ目線《めせん》で口《くち》を開《ひら》いた。
「そんな姿《すがた》をした人間《にんげん》はいないだろ？」
男《おとこ》の顔《かお》は地面《じめん》から30センチほどの高《たか》さにあった。
寝転《ねころ》んでいるわけでも、這《は》いつくばっているわけでもない。
男《おとこ》の身体《からだ》にはフサフサした茶色《ちゃいろ》い毛《け》が生《は》えている。
足《あし》は4本《ほん》。前足《まえあし》と後《うし》ろ足《あし》。
足《あし》には肉球《にくきゅう》がついていて、お尻《しり》には尻尾《しっぽ》がある。
男《おとこ》の身体《からだ》は『犬《いぬ》』そのものだ。
そして犬《いぬ》の身体《からだ》に『人間《にんげん》の顔《かお》』が付《つ》いている。
男《おとこ》はなんと、『人面犬《じんめんけん》』になってしまっていたのだ。

「あいつはひどいな。人《ひと》を人面犬《じんめんけん》にするとは……」

「あいつ？　キミは顔《かお》のない子供《こども》のこと知《し》ってるんか？」

男《おとこ》がたずねると、フシギは小《ちい》さくうなずいた。

「僕《ぼく》は顔《かお》のない子供《こども》を追《お》ってる。子供《こども》は少女《しょうじょ》だ。名前《なまえ》はヒミツ」

「ヒミツ……、それがあの子《こ》の。っていうか、あの子《こ》は今《いま》どこにおるんや！」

男《おとこ》の質問《しつもん》に、フシギは「それは分《わ》からない」と答《こた》えた。

「ここにいると聞《き》いて来《き》たんだが、もうどこかへ行《い》ってしまったみたいだ」

「どこかへ行《い》ってしまった？　なんで分《わ》かるんや？」

「気配《けはい》だよ。もし近《ちか》くにいればすぐに分《わ》かる。この町《まち》にはもうヒミツの呪《のろ》いしか残《のこ》っていない」

「呪《のろ》いって……」

男《おとこ》は思《おも》わず自分《じぶん》の前足《まえあし》を見《み》た。

「ヒミツは都市伝説《としでんせつ》を具現化《ぐげんか》する力《ちから》を持《も》ってる。彼女《かのじょ》は町《まち》から町《まち》へ移動《いどう》しては、次々《つぎつぎ》と呪《のろ》いを使《つか》って都市伝説《としでんせつ》の怪物《かいぶつ》や怪現象《かいげんしょう》を生《う》み出《だ》してるんだ」

「それって……」

男《おとこ》はヒミツに襲《おそ》われたときのことを思《おも》い出《だ》した。


「さあ、あなたもなりましょ。私《わたし》みたいな『怖《こわ》い存在《そんざい》』に――」


「だ、だけど、なんでや？　なんで俺《おれ》が呪《のろ》われなあかんのや？」

「それは知《し》らないよ」

「知《し》らないって、そんな！」

「ただ、呪《のろ》いをかける相手《あいて》は誰《だれ》でもいいってわけじゃない。もしかすると、キミはヒミツを怒《おこ》らせたのかもしれないね」

その言葉《ことば》に男《おとこ》はハッとした。

「そうか、そういうことか……」

男《おとこ》は自分《じぶん》がなぜヒミツに呪《のろ》いをかけられたのか、その理由《りゆう》をフシギに話《はな》した。

すると、フシギが小《ちい》さな溜《た》め息《いき》を漏《も》らす。

「なるほど。興味本位《きょうみほんい》で隠《かく》れて写真《しゃしん》を撮《と》るなんて、そんなの誰《だれ》だってされたら怒《おこ》るよ」

フシギは男《おとこ》の行為《こうい》に呆《あき》れているようだ。

「キミは、その写真《しゃしん》を撮《と》ることによって、相手《あいて》が傷《きず》ついたり、不幸《ふこう》になったりするかもしれないって思《おも》ったことはないのかい？」

男《おとこ》はフシギにそう言《い》われ、ある出来事《できごと》を思《おも》い出《だ》した。

以前《いぜん》、男《おとこ》が密会写真《みっかいしゃしん》を撮《と》ったアイドルが、その写真《しゃしん》が週刊誌《しゅうかんし》に載《の》ったことにより騒動《そうどう》となってしまい、恋人《こいびと》と別《わか》れた挙《あ》げ句《く》、芸能界《げいのうかい》を引退《いんたい》してしまったことがあった。

そのアイドルだけではない。

男《おとこ》がスクープと称《しょう》して撮《と》った写真《しゃしん》のせいで、今《いま》まで何人《なんにん》もの有名人《ゆうめいじん》が不幸《ふこう》な目《め》に遭《あ》っていたのだ。

「だけどそれは仕事《しごと》だから……」

「関係《かんけい》ないよ。キミは興味本位《きょうみほんい》でヒミツの写真《しゃしん》を撮《と》ろうとした。それは彼女《かのじょ》がいちばん嫌《いや》がることだ」

フシギの言葉《ことば》に、男《おとこ》は何《なに》も言《い》い返《かえ》すことができなかった。

同時《どうじ》に、自分《じぶん》が人面犬《じんめんけん》になってからのことを思《おも》い返《かえ》した。

『探《さが》せ！　近《ちか》くにいるはずだ！』

『絶対写真《ぜったいしゃしん》を撮《と》ってやる！』

人々《ひとびと》に見《み》つかるたびに、男《おとこ》は気味悪《きみわる》がられ、興味本位《きょうみほんい》で何度《なんど》も写真《しゃしん》を撮《と》られそうになった。

それは恐怖《きょうふ》だった。

人間《にんげん》が怖《こわ》くて仕方《しかた》がなかった。

男《おとこ》は自分《じぶん》が今《いま》まで相手《あいて》に同《おな》じことをしていたことにようやく気《き》づいた。

「そうか、あの子《こ》も今《いま》の俺《おれ》と同《おな》じような気持《きも》ちだったんやなぁ。俺《おれ》はなんて馬鹿《ばか》なんや……」

男《おとこ》は身《み》を縮《ちぢ》め、シュンとなる。

そんな男《おとこ》に、フシギが声《こえ》をかけた。

「だけど、だからと言《い》ってヒミツのやっていることを許《ゆる》せるわけじゃない」

フシギは険《けわ》しい顔《かお》をしている。

ヒミツのやっていることに苛立《いらだ》っているようだ。

「だから、僕《ぼく》はヒミツを捕《つか》まえる。呪《のろ》いで都市伝説《としでんせつ》を生《う》み出《だ》すことをやめさせるために」

フシギはそう言《い》って男《おとこ》の目《め》の前《まえ》までやって来《く》ると、真《ま》っ赤《か》な手帳《てちょう》を取《と》り出《だ》した。

「お腹《なか》を見《み》せて」

「えっ？」

「お腹《なか》に、マークがあるだろう？」

「そう言《い》えば……」

男《おとこ》は人面犬《じんめんけん》になったとき、お腹《なか》の部分《ぶぶん》に奇妙《きみょう》なマークが刻《きざ》まれていたことを思《おも》い出《だ》した。

「このマークはなんや？」

「それは呪《のろ》いのマークだよ。呪文《じゅもん》を唱《とな》えてこの手帳《てちょう》にそのマークを写《うつ》し取《と》れば、キミは元《もと》の姿《すがた》に戻《もど》ることができる」

その言葉《ことば》に、男《おとこ》は目《め》を大《おお》きく開《ひら》く。

「ほ、ほんまに元《もと》に戻《もど》れるんか？」

「ああ」

フシギは淡々《たんたん》と返事《へんじ》をすると、手帳《てちょう》をゆっくりと開《ひら》いた。

（やった。俺《おれ》、人間《にんげん》に戻《もど》れるんや。俺《おれ》、やっと人間《にんげん》に）

このときを待《ま》っていた。

ずっと人々《ひとびと》の好奇《こうき》の目《め》にさらされ、辛《つら》い思《おも》いをしてきた。

（戻《もど》れる！　俺《おれ》、人間《にんげん》に戻《もど》れる！）

男《おとこ》は呪《のろ》いを解《と》いてもらおうと、フシギに腹《はら》を見《み》せようとした。

だがそのとき、あることを思《おも》う。

（俺《おれ》、本当《ほんとう》に人間《にんげん》に戻《もど》る意味《いみ》あるんか？）

半月《はんつき》もいなくなっていたのに、誰《だれ》にも心配《しんぱい》されていなかった。

それどころか必要《ひつよう》とすらされていなかった。

男《おとこ》は起《お》き上《あ》がると、フシギをじっと見《み》つめた。

「俺《おれ》、やめるわ」

「やめるとは？」

「人間《にんげん》に戻《もど》るのやめるわ」

その言葉《ことば》を聞《き》き、フシギが首《くび》をかしげる。

「俺《おれ》、もうちょっとこのままでいたいねん」

「どうして？」

「なんて言《い》うか、この姿《すがた》になって人間《にんげん》の本当《ほんとう》の姿《すがた》が分《わ》かったような気《き》がするねん。それに……」

男《おとこ》はすまなそうな表情《ひょうじょう》を浮《う》かべた。

「俺《おれ》、あの子《こ》に直接《ちょくせつ》会《あ》って謝《あやま》りたいねん。写真《しゃしん》を撮《と》ろうとして悪《わる》かったって。キミの気持《きも》ち全然《ぜんぜん》考《かんが》えてなかったって。だから、俺《おれ》もキミと一緒《いっしょ》にあの子《こ》を探《さが》したいんやけど」

「一緒《いっしょ》にヒミツを？」

男《おとこ》の思《おも》わぬ提案《ていあん》に、フシギは驚《おどろ》く。

しかしそんなフシギを気《き》にせず、男《おとこ》は自分《じぶん》の身体《からだ》をフシギの足《あし》に擦《す》り付《つ》けてきた。

「な、ええやろ？　俺《おれ》、顔《かお》は人間《にんげん》やけど身体《からだ》は犬《いぬ》やし。可愛《かわい》いペットやと思《おも》って。狭《せま》い場所《ばしょ》にも入《はい》れるし、話《はな》し相手《あいて》にもなるし、抱《だ》き締《し》めると結構《けっこう》温《あった》かくなるで。なあ、ひとりで旅《たび》するより、絶対《ぜったい》、2人《ふたり》のほうが楽《たの》しい旅《たび》になるって！」

一方的《いっぽうてき》に話《はな》しまくる男《おとこ》にフシギは呆《あき》れる。

だが、男《おとこ》は何《なに》を言《い》っても付《つ》いてきそうだった。

「まったく……」

フシギは大《おお》きな溜《た》め息《いき》を漏《も》らすと、その場《ば》から歩《ある》き出《だ》した。

「あ、ちょっと」

そんなフシギを男《おとこ》はあわてて呼《よ》び止《と》めようとする。

すると、フシギは前《まえ》を向《む》いて歩《ある》きながら、男《おとこ》を見《み》ることなく声《こえ》をかけた。

「付《つ》いてきたいのなら勝手《かって》にすればいい。僕《ぼく》はとくに面倒《めんどう》みないけど」

その言葉《ことば》を聞《き》き、男《おとこ》は満面《まんめん》の笑《え》みを浮《う》かべた。

「よっしゃ！　ところで、キミの名前《なまえ》を聞《き》いとらへん」

フシギはちょっと笑《わら》って答《こた》える。

「フシギ。僕《ぼく》の名前《なまえ》は千野《せんの》フシギ」

「よろしくなフシギ！」

「気安《きやす》く呼《よ》ばないでくれるかな」

「ええやん！　あっ、その赤《あか》い服《ふく》かっこええな！」

「…………」

「俺《おれ》、裸《はだか》のままは嫌《いや》やわ」

「…………」

「なあ、服買《ふくか》ってや。俺《おれ》もそういうフードがあるの着《き》たいねん」

「…………」

フシギはふと、雑木林《ぞうきばやし》の木々《きぎ》のそばに目《め》を留《と》めると、何《なに》かを拾《ひろ》った。

「じゃあ、これでも着《き》れば？」

それは、捨《す》てられていた子供用《こどもよう》の黄色《きいろ》いレインコートだった。

「ええっ、これ？」

「フードも付《つ》いてるよ」

フシギは男《おとこ》の背中《せなか》にそれを載《の》せた。

「おおい、着《き》せてーやー」

「自分《じぶん》でなんとかしなよ」

「なんや冷《つめ》たいな～」

「ちなみにキミの名前《なまえ》は？」

「名前《なまえ》？　そやな、人間《にんげん》のときの名前《なまえ》はしばらく使《つか》ってへんし、どうせなら、フシギが新《あたら》しい名《な》前《まえ》つけてやあ」

「新《あたら》しい名前《なまえ》？」

フシギは男《おとこ》の顔《かお》をじっと見《み》た。

「……ジミー」

「ジミー？」

「地味《じみ》な顔《かお》だから」

「えええ!?」

男《おとこ》は一瞬《いっしゅん》嫌《いや》な顔《かお》をしたが、フシギはそんな彼《かれ》を気《き》にすることなく再《ふたた》び歩《ある》き始《はじ》めた。

「わ、分《わ》かった、ジミーでええから！　うん、俺《おれ》は人面犬《じんめんけん》のジミー！　だからちょっと待《ま》ってや。服着《ふくき》せて！　ってか、歩《ある》くの速《はや》いって！」

ジミーはピョンピョン跳《は》ねるように走《はし》りながら、フシギを追《お》いかけていくのだった。

6つ目《め》の町《まち》

金《きん》色《いろ》の公《こう》衆《しゅう》電《でん》話《わ》

ある町《まち》に1台《だい》だけあるという、金色《きんいろ》の公衆電話《こうしゅうでんわ》。

特別《とくべつ》な10円玉《えんだま》を使《つか》ってこの公衆電話《こうしゅうでんわ》から電話《でんわ》をかけると願《ねが》いが叶《かな》うといわれている。この10円玉《えんだま》については、「昭和《しょうわ》26年《ねん》のギザ10」など、いくつかの説《せつ》がある。

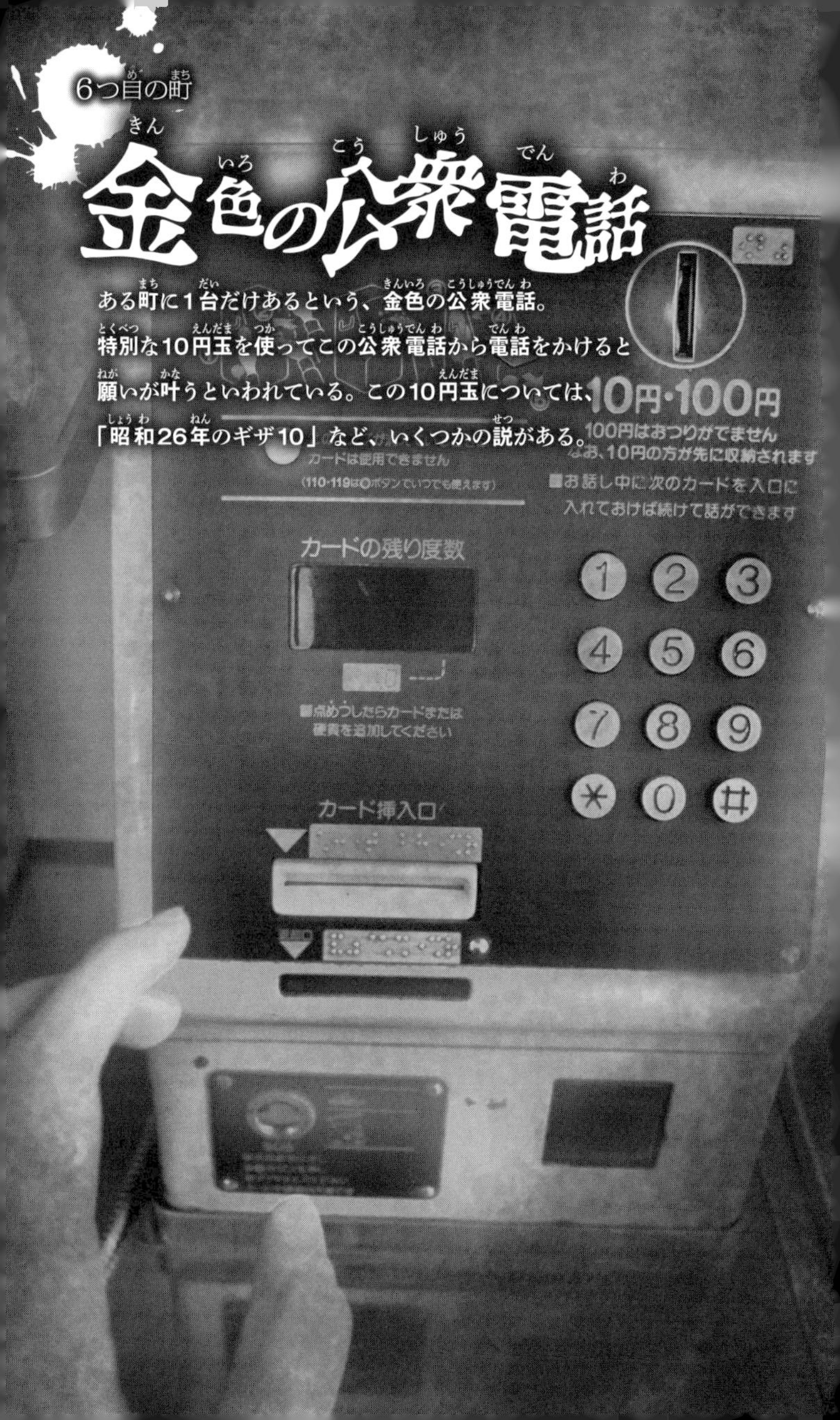

「私《わたし》ね、滝本先輩《たきもとせんぱい》のことが好《す》きなんだ」

放課後《ほうかご》、学校《がっこう》からの帰《かえ》り道《みち》。

牧村樹里《まきむらじゅり》が、後《うし》ろを歩《ある》く親友《しんゆう》の梨本桃子《なしもともも こ》と林《はやし》あかりにそう言《い》った。

「滝本先輩《たきもとせんぱい》って、あの滝本駿先輩《たきもとしゅんせんぱい》？」

桃子《ももこ》がたずねると、樹里《じゅり》は笑顔《えがお》で「うん」と答《こた》えた。

樹里《じゅり》たちは中学《ちゅうがく》2年生《ねんせい》で、滝本《たきもと》は中学《ちゅうがく》3年生《ねんせい》である。

滝本《たきもと》はサッカー部《ぶ》のエースでキャプテンだった。

スポーツ万能《ばんのう》で、名門高校《めいもんこうこう》からスカウトもきているらしい。

勉強《べんきょう》もできるから、テストの成績《せいせき》はいつもトップクラスだ。

さらに容姿《ようし》は、175センチのスラッとした長身《ちょうしん》で、顔《かお》はアイドルグループにいてもおかしくないほどキュートだった。

そんな滝本《たきもと》に、樹里《じゅり》は夢中《むちゅう》になっているという。

「だけど、樹里《じゅり》、滝本先輩《たきもとせんぱい》と一言《ひとこと》でも喋《しゃべ》ったことあるの？」

「あるわけないじゃん」

とキッパリ言《い》う樹里《じゅり》に、桃子《ももこ》とあかりは呆《あき》れて目《め》を合《あ》わせた。

彼女《かのじょ》たち３人《にん》は手芸部《しゅげいぶ》に所属《しょぞく》していて、サッカー部《ぶ》の滝本《たきもと》とまったく接点《せってん》がない。

「喋《しゃべ》ったことはないし、滝本先輩《たきもとせんぱい》は私《わたし》のことなんて全然《ぜんぜん》知《し》らないと思《おも》う」

「そうだよねえ、はははは っ」

とお互《たが》いを肘《ひじ》で軽《かる》く小突《こづ》き合《あ》って笑《わら》うしかない桃子《ももこ》とあかり。

明《あか》るくてカッコいい滝本《たきもと》と地味《じみ》な自分《じぶん》たちでは釣《つ》り合《あ》いが取《と》れるわけがないのだ。

「だから、そこで相談《そうだん》なんだけど、私《わたし》が滝本先輩《たきもとせんぱい》と付《つ》き合《あ》える方法《ほうほう》はないかな？」

桃子《ももこ》とあかりの笑《わら》いはピタリと止《と》まり、「はあぁ!?」と口《くち》を開《あ》けたまま顔《かお》を見合《みあ》わせた。

「もうすぐバレンタインデーでしょ。それまでにお付《つ》き合《あ》いしたいなって思《おも》って」

樹里《じゅり》は手作《てづく》りのチョコを滝本《たきもと》に渡《わた》したいのだが、渡《わた》すときに「好《す》きです」と告白《こくはく》する勇気《ゆうき》も、メッセージを送《おく》る勇気《ゆうき》もなかった。

だから、チョコを渡《わた》す前《まえ》に滝本《たきもと》と恋人同士《こいびとどうし》になりたいという。

「ずいぶん虫《むし》が良《い》い……っていうか、むり、むり、むりむり、そんなの絶対無理《ぜったいむり》っっ！」

桃子《ももこ》は人生最大《じんせいさいだい》の力《ちから》で否定《ひてい》した。

だが、あかりは何《なに》かを思《おも》い出《だ》したようだ。

「もしあの話《はなし》が本当《ほんとう》だったら、樹里《じゅり》、滝本先輩《たきもとせんぱい》と付《つ》き合《あ》えるかもしれないよ」

そう意味深《いみしん》な言葉《ことば》をつぶやいた。

「なになに、知《し》りたい！」

樹里《じゅり》と桃子《ももこ》があかりに顔《かお》を向《む》ける。


「これはネットの掲示板《けいじばん》に載《の》ってた話《はなし》なんだけどね、願《ねが》いが叶《かな》う『金色《きんいろ》の公衆電話《こうしゅうでんわ》』っていう都《と》市伝説《しでんせつ》があるらしいの」


「公衆電話《こうしゅうでんわ》？　それも金色《きんいろ》？」

樹里《じゅり》は首《くび》をかしげる。

一方《いっぽう》、桃子《ももこ》はハッと表情《ひょうじょう》を変《か》えた。

「それって、もしかしてA町《ちょう》にある公衆電話《こうしゅうでんわ》のこと？」

桃子《ももこ》がそう言《い》うと、あかりは「知《し》ってるの？」とたずねた。

「この前《まえ》、親戚《しんせき》のお姉《ねえ》ちゃんから聞《き》いたんだ。A町《ちょう》にその電話《でんわ》があるって」

「そうそれ。あそこって結構大《けっこうおお》きな町《まち》でしょ。公衆電話《こうしゅうでんわ》はふつう緑色《みどりいろ》が多《おお》いけど、あの町《まち》にはたった1台《だい》だけ、金色《きんいろ》に輝《かがや》いてるのがあるらしいんだ」

だが、それがA町《ちょう》のどこにあるかは分《わ》からないらしい。

「だけど、もし見《み》つけて、その公衆電話《こうしゅうでんわ》で電話《でんわ》をかけることができれば、どんな願《ねが》い事《ごと》でも叶《かな》うらしいよ」

あかりのその言葉《ことば》に、樹里《じゅり》は急《きゅう》に目《め》をキラキラと輝《かがや》かせた。

「もし本当《ほんとう》にその公衆電話《こうしゅうでんわ》を見《み》つけることができたら、私《わたし》、滝本先輩《たきもとせんぱい》と付《つ》き合《あ》えるようになるよね！」

A町《ちょう》には電車《でんしゃ》で1時間《じかん》もあれば行《い》くことができる。

どうやら樹里《じゅり》は公衆電話《こうしゅうでんわ》を真剣《しんけん》に探《さが》しに行《い》くと決意《けつい》したようだ。

しかし、そんな樹里《じゅり》に向《む》かって、桃子《ももこ》は言《い》う。

「無理《むり》だよ」

「え？」

「それほんとに無理《むり》だから」

「どうして？」

「だって、電話《でんわ》をかけるためには、『幻《まぼろし》の10円玉《えんだま》』が必要《ひつよう》なんだもん」

「なにそれ？　そんなことネットには載《の》ってなかったけど？」

あかりの言葉《ことば》を聞《き》き、樹里《じゅり》は桃子《ももこ》のほうを見《み》た。

「ねえ、桃子《ももこ》、なぜそんなこと知《し》ってるの？」

「そ、それは、親戚《しんせき》のお姉《ねえ》ちゃんに聞《き》いて……」

「その10円玉《えんだま》はどんな10円玉《えんだま》なの？」

「ええっと、ちゃんとは見《み》てないから、よく分《わ》からないけど……」

「ちゃんとは見《み》てない？」

樹里《じゅり》は桃子《ももこ》をじっと見《み》つめた。

「ちゃんとはってどういうこと？　もしかしてその10円玉《えんだま》持《も》ってるの？」

「えっ、あの、ええっと……」

「持《も》ってるのね？」

「……うん」

樹里《じゅり》は真剣《しんけん》な顔《かお》で桃子《ももこ》の前《まえ》に手《て》を出《だ》した。

「なに？」

「ちょうだい。その10円玉《えんだま》」

樹里《じゅり》はキッパリ言《い》う。

「えっ？」

「この前《まえ》、ハンバーガーおごってあげたでしょ！　だからお願《ねが》い！」

「え、あ、う、うん……」

「やった！　これで滝本先輩《たきもとせんぱい》と付《つ》き合《あ》える！」

樹里《じゅり》は笑《わら》った。

桃子《ももこ》も笑《わら》ったが、内心《ないしん》は複雑《ふくざつ》だった。


夕方《ゆうがた》。

家《いえ》へ帰《かえ》ってきた桃子《ももこ》は、自分《じぶん》の部屋《へや》に入《はい》ると、大《おお》きく溜《た》め息《いき》をついた。

（なによ！　樹里《じゅり》より私《わたし》のほうがずっと昔《むかし》から滝本先輩《たきもとせんぱい》が好《す》きだったのに！）

桃子《ももこ》の心《こころ》は穏《おだ》やかではなかった。

樹里《じゅり》の話《はなし》を聞《き》いたとき、桃子《ももこ》は彼女《かのじょ》が滝本《たきもと》と付《つ》き合《あ》えるわけがないと思《おも》っていた。

しかし金色《きんいろ》の公衆電話《こうしゅうでんわ》の話《はなし》を聞《き》き、もしかしたら樹里《じゅり》が滝本《たきもと》と付《つ》き合《あ》ってしまうかもしれないと焦《あせ》ったのだ。

しかも、幻《まぼろし》の10円玉《えんだま》のことまで言《い》ってしまった。

桃子《ももこ》は机《つくえ》の引《ひ》き出《だ》しを開《あ》け、1枚《まい》の硬貨《こうか》を手《て》に取《と》る。

それは、『幻《まぼろし》の10円玉《えんだま》』である。

親戚《しんせき》のお姉《ねえ》さんが、金色《きんいろ》の公衆電話《こうしゅうでんわ》の話《はなし》をした後《あと》、桃子《ももこ》にくれたのだ。

お姉《ねえ》さんは偶然《ぐうぜん》、これを見《み》つけたらしい。

桃子《ももこ》は都市伝説《としでんせつ》など信《しん》じていないので、そのまま机《つくえ》の引《ひ》き出《だ》しにしまったままだった。

(本当《ほんとう》にこれで願《ねが》いなんか叶《かな》うの……？)

10円玉《えんだま》を見《み》ると、『昭和《しょうわ》65年《ねん》』と書《か》かれていた。

「えっ!?」

桃子《ももこ》は首《くび》をかしげた。

(昭和《しょうわ》ってたしか、64年《ねん》までだよね……？)

この10円玉《えんだま》は、たしかに普通《ふつう》のものではなさそうだ。

(と言《い》うことは……、やっぱり金色《きんいろ》の公衆電話《こうしゅうでんわ》もあるのかも。……これを渡《わた》しちゃったら樹里《じゅり》は……」

桃子《ももこ》はどうすればいいのか、ますます焦《あせ》った。

そのとき、ハッとひらめいた。

ポケットから財布《さいふ》を出《だ》した桃子《ももこ》は、そこから10円玉《えんだま》を取《と》った。

数日後《すうじつご》の休日《きゅうじつ》。

桃子《ももこ》は、樹里《じゅり》と一緒《いっしょ》にA町《ちょう》に行《い》く電車《でんしゃ》に乗《の》っていた。

「これが幻《まぼろし》の10円玉《えんだま》だよ」

電車《でんしゃ》に揺《ゆ》られながら、桃子《ももこ》は樹里《じゅり》に1枚《まい》の硬貨《こうか》を渡《わた》した。

「ありがとう！」

樹里《じゅり》は10円玉《えんだま》をまじまじと見《み》つめる。

そこには、『平成《へいせい》15年《ねん》』と書《か》かれていた。

「これのどこが幻《まぼろし》なの？」

『10』の文字《もじ》の横《よこ》にちょっと傷《きず》がついてるでしょ。それが幻《まぼろし》の10円玉《えんだま》の証《あかし》らしいよ」

「へえ～。そうなんだ」

樹里《じゅり》はもう一度《いちど》、「ありがとう」と笑顔《えがお》で言《い》った。

桃子《ももこ》は何《なん》とか騙《だま》せたと思《おも》い、ホッと息《いき》をついた。


A町《ちょう》にやってきた2人《ふたり》は、さっそく金色《きんいろ》の公衆電話《こうしゅうでんわ》を探《さが》すことにした。

駅前《えきまえ》には公衆電話《こうしゅうでんわ》がいくつかある。

しかしどれも緑色《みどりいろ》の普通《ふつう》の公衆電話《こうしゅうでんわ》だった。

「どこにあるのかな？」

「駅前《えきまえ》だと、誰《だれ》でもすぐに見《み》つけられちゃうよね」

2人《ふたり》はとりあえず、町《まち》の中《なか》を探《さが》してみることにした。


やがて数時間《すうじかん》が経《た》った。

桃子《ももこ》たちは金色《きんいろ》の公衆電話《こうしゅうでんわ》を求《もと》めて、A町《ちょう》を歩《ある》き続《つづ》けていた。

途中《とちゅう》、交番《こうばん》でおまわりさんにも聞《き》いた。

飲食店《いんしょくてん》の店員《てんいん》にも、タクシーの運転手《うんてんしゅ》にも聞《き》いてみたが、みな、その存在《そんざい》すら知《し》らなかった。

桃子《ももこ》と樹里《じゅり》は二手《ふたて》に分《わ》かれて、町《まち》の隅々《すみずみ》まで探《さが》してみた。

だが、やはり金色《きんいろ》の公衆電話《こうしゅうでんわ》はどこにもなかった。

「これだけ探《さが》しても見《み》つからないってどういうこと？」

桃子《ももこ》と合流《ごうりゅう》した樹里《じゅり》は、道路《どうろ》に置《お》かれた自動販売機《じどうはんばいき》にもたれながら、大《おお》きな溜《た》め息《いき》を漏《も》らした。

「やっぱりただの噂話《うわさばなし》だったんだよ。これ以上《いじょう》探《さが》しても無駄《むだ》だからさ、帰《かえ》ろう」

と桃子《ももこ》は提案《ていあん》して駅《えき》に戻《もど》ろうとするが――、

「いやよ！」

背後《はいご》から樹里《じゅり》の声《こえ》が響《ひび》いた。

「あれはただの都市伝説《としでんせつ》じゃない！　絶対《ぜったい》に本当《ほんとう》なんだよ！」

樹里《じゅり》の目《め》が血走《ちばし》っていた。

「じゅ、樹里《じゅり》。で、でもこんだけ探《さが》してもないんだから……」

「私《わたし》たちの探《さが》し方《かた》が生《なま》ぬるいんだよ！」

「い、いや、でもねぇ～。都市伝説《としでんせつ》なんて、しょせんは噂《うわさ》なんだし」

「だったら、これも噂《うわさ》だって言《い》うの⁉　桃子《ももこ》はこれを持《も》ってたんだよね⁉」

樹里《じゅり》は10円玉《えんだま》を桃子《ももこ》の前《まえ》にかざした。

「幻《まぼろし》の10円玉《えんだま》は存在《そんざい》するんだよ！」

「私《わたし》！　私《わたし》、絶対《ぜったい》あきらめないから!!」

樹里《じゅり》はつばを飛《と》ばさんばかりにそう言《い》って、10円玉《えんだま》を強《つよ》く握《にぎ》り締《し》めようとした。

そのとき――、
樹里《じゅり》は手《て》を滑《すべ》らせ、10円玉《えんだま》を地面《じめん》に落《お》としてしまった。

10円玉《えんだま》は道路《どうろ》の反対側《はんたいがわ》まで勢《いきお》いよく転《ころ》がり、そのまま側溝《そっこう》の中《なか》に落《お》ちそうになってしまう。

「**だめぇ!!**」

樹里《じゅり》はあわてて走《はし》り、手《て》を精一杯《せいいっぱい》伸《の》ばす。

瞬間《しゅんかん》、側溝《そっこう》に落《お》ちる寸前《すんぜん》で、樹里《じゅり》は何《なん》とか10円玉《えんだま》を掴《つか》むことができた。

「ふう、危《あぶ》なかった〜」

「樹里《じゅり》！」

桃子《ももこ》もそばに駆《か》け寄《よ》る。

「側溝《そっこう》に落《お》ちたら取《と》れなくなっちゃうもんね」

樹里《じゅり》はホッと息《いき》をつくと、何気《なにげ》なく前《まえ》を見《み》た。


「……あれ？」

側溝《そっこう》の向《む》こうに何《なに》かが見《み》える。

そこはビルとビルのすき間《ま》で、その狭《せま》い空間《くうかん》のいちばん奥《おく》に、あるものが置《お》かれていたのだ。

「あれって……」

しかも、『金色《きんいろ》』である。

「桃子《ももこ》、あった！　あったよ！」

樹里《じゅり》は「見《み》つけた！」と叫《さけ》びながら、ビルとビルのすき間《ま》へと駆《か》けた。

（うそ……！）

桃子《ももこ》は驚《おどろ》きながらも、樹里《じゅり》の後《あと》に続《つづ》いた。


金色《きんいろ》の公衆電話《こうしゅうでんわ》は、すき間《ま》の奥《おく》で蜘蛛《くも》の巣《す》とホコリにまみれていた。

「うえ〜、汚《きたな》い。これさ、捨《す》ててあるだけだよ。使《つか》えないよ。帰《かえ》ろう」

桃子《ももこ》は公衆電話《こうしゅうでんわ》をまっすぐ見《み》つめる樹里《じゅり》の背後《はいご》でそう言《い》う。

だが、樹里《じゅり》は——、

「捨《す》ててあったんじゃない。私《わたし》だけに見《み》つけてもらいたくてここに隠《かく》れてたんだよ」

金色《きんいろ》の公衆電話《こうしゅうでんわ》の蜘蛛《くも》の巣《す》やホコリを手際《てぎわ》よく綺麗《きれい》にはらった。

そして、握《にぎ》りしめた10円玉《えんだま》を胸《むね》の前《まえ》で強《つよ》く握《にぎ》りしめて「叶《かな》えよ！　私《わたし》の願《ねが》い！」とつぶやく。

チャリン。

10円玉《えんだま》が電話機《でんわき》の中《なか》に入《はい》った音《おと》が響《ひび》く。

樹里《じゅり》は受話器《じゅわき》を耳《みみ》に当《あ》てる。

しかし、しばらくすると眉間《みけん》に皺《しわ》を寄《よ》せた。

「どうしたの？」

「なぜ？　なぜ？　どうして何《なに》も聞《き》こえないの！」

そう言《い》われ、桃子《ももこ》は電話機《でんわき》の後《うし》ろを見《み》た。

電話線《でんわせん》も何《なに》も繋《つな》がってないのだ。

「やっぱり、この電話《でんわ》ここに捨《す》ててあるだけだよ」

「え〜、そんな〜〜」

樹里《じゅり》は悲鳴《ひめい》に近《ちか》いガッカリを口《くち》にして、受話器《じゅわき》を力《ちから》なく元《もと》に戻《もど》した。

すると……、

ジリリリ～ン、ジリリリ～ン。

突然《とつぜん》、電話《でんわ》が鳴《な》った！

「うそ⁉」

桃子《ももこ》は凍《こお》り付《つ》いた。

一方《いっぽう》、樹里《じゅり》は鋭《するど》いまなざしを向《む》けてほほ笑《え》んだ。

「桃子《ももこ》、ありがとう。いま、私《わたし》の運命《うんめい》は変《か》わるのよ」

「ええ⁉」

（これが本物《ほんもの》だとしても、普通《ふつう》の10円玉《えんだま》を入《い》れたんだから、そんなことあり得《え》ないよ！）

桃子《ももこ》はわけが分《わ》からず、焦《あせ》る。

「電話《でんわ》、取《と》るよ！」

樹里《じゅり》は受話器《じゅわき》を手《て》に取《と》ると、そのまま耳《みみ》に当《あ》てた。

「もしもし……」

樹里《じゅり》のうわずった声《こえ》がビルとビルの間《あいだ》の狭《せま》い空間《くうかん》に響《ひび》いた。

「何《なに》をお願《ねが》いしたいの？」

受話器《じゅわき》の向《む》こうから、少女《しょうじょ》の声《こえ》が聞《き》こえた。

「あ、あの」

「ねえ、願《ねが》い事《ごと》は何《なに》？」

「あっ、えっと」

樹里《じゅり》は緊張《きんちょう》してうまく言葉《ことば》が出《で》てこない。

だが、渾身《こんしん》の力《ちから》ではっきり願《ねが》いを言《い》った！

「私《わたし》、滝本駿先輩《たきもとしゅんせんぱい》と付《つ》き合《あ》いたいんです！　それを叶《かな》えてください！」

シーンとした沈黙《ちんもく》が流《なが》れる。

樹里《じゅり》は緊張《きんちょう》した面持《おもも》ちで受話器《じゅわき》を当《あ》てた耳《みみ》に全神経《ぜんしんけい》を集中《しゅうちゅう》させた。


「うん、分《わ》かったよ」

少女《しょうじょ》は淡々《たんたん》とそう答《こた》える。

「よろしくお願《ねが》いします！」と樹里《じゅり》が言《い》い終《お》わるのも聞《き》かず、電話《でんわ》は一方的《いっぽうてき》に切《き》れてしまった。

その途端《とたん》、樹里《じゅり》は全《すべ》ての緊張《きんちょう》から解放《かいほう》されて地《じ》べたに崩《くず》れて四《よ》つん這《ば》いになった。


翌日《よくじつ》。

桃子《ももこ》と樹里《じゅり》は、あかりと一緒《いっしょ》に学校《がっこう》へ向《む》かっていた。

「本当《ほんとう》に金色《きんいろ》の公衆電話《こうしゅうでんわ》あったんだねえ」

2人《ふたり》の話《はなし》に、あかりは驚《おどろ》いていた。

「だけど、樹里《じゅり》には申《もう》し訳《わけ》ないけど、願《ねが》い事《ごと》が叶《かな》うとは思《おも》えないな」

と桃子《ももこ》が言《い》うとあかりは、

「でも、電話線《でんわせん》が無《な》いのに繋《つな》がったんでしょ？」

と疑問《ぎもん》を投《な》げかけた。

「電話線《でんわせん》が繋《つな》がってなくても話《はなし》が出来《でき》るおもちゃの電話《でんわ》もある時代《じだい》だよ。あれはおもちゃが捨《す》てあったんだよ」

それを樹里《じゅり》は何《なに》も言《い》わずにじっと聞《き》いていたが――、

「おはよう」


急《きゅう》に樹里《じゅり》たちの前《まえ》にひとりの男《おとこ》の子《こ》がやってきた。

「キミ、牧村樹里《まきむらじゅり》さんだよね？」

樹里《じゅり》の片思《かたおも》いの相手《あいて》、滝本駿《たきもとしゅん》である。

「えっ？　はい、そうです」

「ああ、僕《ぼく》は滝本駿《たきもとしゅん》」

「知《し》ってます」

「そっか。ねえ、牧村《まきむら》さん、学校《がっこう》まで一緒《いっしょ》に歩《ある》かない？」

「えっ、滝本先輩《たきもとせんぱい》と一緒《いっしょ》にですか？」

「ああ。キミのことずっと前《まえ》から気《き》になってたんだ」

その言葉《ことば》に樹里《じゅり》は桃子《ももこ》とあかりを見《み》た。

2人《ふたり》はぼう然《ぜん》としている。

樹里《じゅり》は満面《まんめん》の笑《え》みを浮《う》かべると、滝本《たきもと》に向《む》かって大《おお》きくうなずいた。

「はい！　歩《ある》きます！　よろしくお願《ねが》いします!!」

そう言《い》って滝本《たきもと》と一緒《いっしょ》に歩《ある》いて行《い》った。

「マジで……？」

その姿《すがた》を見《み》て、あかりは目《め》を大《おお》きく開《ひら》く。

あかりより驚《おどろ》いていたのは、桃子《ももこ》だった。

（なぜ？　だって、樹里《じゅり》が使《つか》ったのは普通《ふつう》の10円玉《えんだま》だったんだよ……）

樹里《じゅり》が滝本《たきもと》と仲良《なかよ》くなったという噂《うわさ》は、瞬《また》く間《ま》に学校中《がっこうじゅう》に広《ひろ》まった。

「牧村《まきむら》さんって、あの手芸部《しゅげいぶ》の？」

「どうして、そんな子《こ》と滝本《たきもと》くんが？」

「信《しん》じられない。あんな地味《じみ》な子《こ》と……」

女子生徒《じょしせいと》たちがあちこちで樹里《じゅり》のことを話《はな》す。

桃子《ももこ》には、彼女《かのじょ》たちがみんな腹《はら》を立《た》てているように見《み》えた。


昼休《ひるやす》み。

桃子《ももこ》は樹里《じゅり》と校舎《こうしゃ》の屋上《おくじょう》でお弁当《べんとう》を食《た》べながら、そのことを話《はな》した。

すると、樹里《じゅり》は「そんなの気《き》にしないし」と笑《わら》った。

「言《い》いたい人《ひと》には言《い》わせておけばいいよ」

樹里《じゅり》は休《やす》み時間《じかん》になるたびに、他《ほか》の女子《じょし》たちに見《み》せつけるように、滝本《たきもと》と腕《うで》を組《く》んで学校中《がっこうじゅう》を歩《ある》き回《まわ》っていた。

「もうすぐバレンタインデーだから、みんな焦《あせ》ってるんだよ。けど残念《ざんねん》だよね、もう滝本先輩《たきもとせんぱい》は私《わたし》のものだもん」

樹里《じゅり》はそう言《い》ってクスクスと笑《わら》った。

桃子《ももこ》はそんな樹里《じゅり》に苛立《いらだ》ちを感《かん》じる。

(私《わたし》だって、滝本先輩《たきもとせんぱい》のことが……)

そのとき、桃子《ももこ》はあることを思《おも》った。

（そうよ、私《わたし》は金色《きんいろ》の公衆電話《こうしゅうでんわ》の場所《ばしょ》を知《し》ってるのよ……）

桃子《ももこ》は樹里《じゅり》をにらむようにじっと見《み》つめた。


バレンタインデー数日前《すうじつまえ》の休日《きゅうじつ》。

桃子《ももこ》はひとり、A町《ちょう》にやって来《き》ていた。

その手《て》にはあるものが握《にぎ》られている。

それは、幻《まぼろし》の10円玉《えんだま》である。

（普通《ふつう》の10円玉《えんだま》で願《ねが》いが叶《かな》うんだから、この珍《めずら》しい10円玉《えんだま》ならもっとしっかり願《ねが》いが叶《かな》うに決《き》まってる）

桃子《ももこ》は迷《まよ》うことなく、金色《きんいろ》の公衆電話《こうしゅうでんわ》があるビルとビルのすき間《ま》へ向《む》かった。

公衆電話《こうしゅうでんわ》は、この前《まえ》と同《おな》じようにポツンと置《お》かれていた。

桃子《ももこ》は幻《まぼろし》の10円玉《えんだま》を握《にぎ》り締《し》め、その前《まえ》までやって来《く》る。

電話機《でんわき》をじっと見《み》つめ、ゴクリと喉《のど》を鳴《な》らす。

やがて意《い》を決《けっ》すると、桃子《ももこ》は受話器《じゅわき》を取《と》って10円玉《えんだま》を入《い》れた。

何《なに》も聞《き》こえないのを確認《かくにん》すると受話器《じゅわき》を置《お》いた。
しばらく待《ま》つと――、

ジリリリ～ン、ジリリリ～ン。


電話《でんわ》が鳴《な》った。

桃子《ももこ》は受話器《じゅわき》を手《て》に取《と》った。

「もしもし……」

「願《ねが》いはなんですか？」

「え？　男《おとこ》の人《ひと》？」

「願《ねが》いはなんですか？」

「あ、ええっと……」

桃子《ももこ》は深《ふか》く息《いき》を吸《す》うとはっきりと言《い》った。

「お願《ねが》いです。私《わたし》は牧村樹里《まきむらじゅり》よりもずっと前《まえ》から滝本駿先輩《たきもとしゅんせんぱい》が好《す》きでした。だから、バレンタインデーは私《わたし》が滝本先輩《たきもとせんぱい》と過《す》ごせるようにしてください！」


「分《わ》かりました」

電話《でんわ》は一方的《いっぽうてき》に切《き》れた。

桃子《ももこ》はふぅーと息《いき》を吐《は》いて受話器《じゅわき》を置《お》いた。


翌日《よくじつ》。

桃子《ももこ》は校舎《こうしゃ》の屋上《おくじょう》で樹里《じゅり》とお弁当《べんとう》を食《た》べていた。

「今朝《けさ》、滝本先輩《たきもとせんぱい》にバレンタインデーは映画《えいが》を観《み》に行《い》こうって誘《さそ》われちゃった」

「そ、そうなんだ」

(金色《きんいろ》の公衆電話《こうしゅうでんわ》でお願《ねが》いしたのに、何《なに》も変《か》わらないの？)

桃子《ももこ》は不安《ふあん》になった。

そんな桃子《ももこ》をよそに、樹里《じゅり》は滝本《たきもと》の話《はなし》を続《つづ》ける。

「桃子《ももこ》やあかり以外《いがい》と映画《えいが》に行《い》くなんてはじめて。がんばってチョコを手作《てづく》りするんだ」

「そう……」

「このままずうっと付《つ》き合《あ》って、結婚《けっこん》までしちゃうかも。なんか夢《ゆめ》がふくらむよね〜」

樹里《じゅり》は嬉《うれ》しそうにそう言《い》うと、屋上《おくじょう》のフェンスにもたれかかった。

その瞬間《しゅんかん》——、

ガタンッ。


突然《とつぜん》、フェンスが外《はず》れた。

「えっ⁉」

「樹里《じゅり》！」

もたれた勢《いきお》いで、樹里《じゅり》は外《はず》れたフェンスごと宙《ちゅう》に放《ほう》り出《だ》される。

「きゃあああああ‼」

樹里《じゅり》はそのまま下《した》へ落《お》ちてしまった。

「樹里《じゅり》‼」

桃子《ももこ》はあわてて下《した》へと走《はし》った。

（そんな！　どうして⁉）

校舎《こうしゃ》から出《で》た桃子《ももこ》は、樹里《じゅり》のもとへ向《む》かう。

樹里《じゅり》は校舎脇《こうしゃわき》の花壇《かだん》に倒《たお》れていた。

近《ちか》くには、滝本《たきもと》が立《た》っている。

「樹里《じゅり》！」

「歩《ある》いてたら、急《きゅう》に彼女《かのじょ》が落《お》ちてきて……」

「滝本先輩《たきもとせんぱい》！　先生《せんせい》を呼《よ》んで来《き》てください！」

「えっ、あ、え？」

「早《はや》く！」

「あ、ああ！」

樹里《じゅり》は頭《あたま》から血《ち》を流《なが》していた。

「樹里《じゅり》！　樹里《じゅり》!!」

大勢《おおぜい》の生徒《せいと》や教師《きょうし》が駆《か》け寄《よ》って来《く》るなか、桃子《ももこ》は何度《なんど》も樹里《じゅり》の名前《なまえ》を呼《よ》び続《つづ》けた。

数日後《すうじつご》のバレンタインデー当日《とうじつ》。

桃子《ももこ》は、樹里《じゅり》の眠《ねむ》る病室《びょうしつ》でひとり肩《かた》を落《お》としていた。

屋上《おくじょう》のフェンスの一部《いちぶ》が腐食《ふしょく》していて、樹里《じゅり》はそこにもたれかかってしまったのだ。

幸《さいわ》いにも花壇《かだん》の花《はな》と柔《やわ》らかい土《つち》がクッションになって命《いのち》に別状《べつじょう》は無《な》かったが、いまだ意識《いしき》は戻《もど》っていない。

そんな樹里《じゅり》を見《み》て、桃子《ももこ》は目《め》に涙《なみだ》を浮《う》かべた。

「樹里《じゅり》……しっかりして。お願《ねが》いだから、目《め》を覚《さ》まして。今日《きょう》、バレンタインデーなんだよ。滝本先輩《もとせんぱい》と映画《えいが》を観《み》に行《い》くんでしょ？」

桃子《ももこ》は流《なが》れる涙《なみだ》を堪《こら》えきれずうつむいた。

「まさか、私《わたし》が金色《きんいろ》の公衆電話《こうしゅうでんわ》にあんなお願《ねが》いをしたからこんな事《こと》になったわけじゃないよね」

「桃子《ももこ》も……何《なに》か……お願《ねが》いしたの？」

かすれたその声《こえ》にハッと桃子《ももこ》が顔《かお》を上《あ》げると、目《め》を覚《さ》ました樹里《じゅり》がこちらを見《み》ていた。

「樹里《じゅり》……」

「桃子《ももこ》は……何《なに》をお願《ねが》いした……うぅ……」

「樹里《じゅり》、喋《しゃべ》っちゃダメだよ」

意識《いしき》は回復《かいふく》した樹里《じゅり》だが、言葉《ことば》を発《はっ》するのも辛《つら》そうだった。


「キミも来《き》てたんだね」


振《ふ》り向《む》くと入《い》り口《ぐち》に滝本《たきもと》が立《た》っていた。

手《て》には花束《はなたば》を持《も》っている。

「お見舞《みま》いにきたんだ」

「あ、いま樹里《じゅり》の意識《いしき》が戻《もど》って……」

「え？　ほんとに？」

滝本《たきもと》がベッドを覗《のぞ》き込《こ》むと樹里《じゅり》は再《ふたた》び眠《ねむ》っていた。

「でも、いま喋《しゃべ》ったんです」

と説明《せつめい》する桃子《ももこ》に、滝本《たきもと》は優《やさ》しくほほ笑《え》みかけた。

「キミは本当《ほんとう》に友達思《ともだちおも》いだね。それに助《たす》けるときすごく冷静《れいせい》だったし。僕《ぼく》、感心《かんしん》しちゃったよ。

今度《こんど》ゆっくり話《はなし》をしたいな」

滝本《たきもと》はそう言《い》って笑《え》みを浮《う》かべた。

「えっ、あ、あの！」

桃子《ももこ》はあの日《ひ》の願《ねが》い事《ごと》を思《おも》い出《だ》した。


『お願《ねが》いです。私《わたし》は牧村樹里《まきむらじゅり》よりもずっと前《まえ》から滝本駿先輩《たきもとしゅんせんぱい》が好《す》きでした。だから、バレンタインデーは私《わたし》が滝本先輩《たきもとせんぱい》と過《す》ごせるようにしてください！』


「そんな……」

「桃子《ももこ》、あなた……あの公衆電話《こうしゅうでんわ》に……お願《ねが》い事《ごと》をしたのね！」

と、背後《はいご》からかすれた声《こえ》が聞《き》こえた。

振《ふ》り向《む》くとベッドの上《うえ》の樹里《じゅり》が自分《じぶん》をにらみつけていた。

桃子《ももこ》は滝本《たきもと》を突《つ》き飛《と》ばすようにして病室《びょうしつ》から飛《と》び出《だ》した。

（あり得《え》ないよ！　なんでこんな事《こと》になるの⁉）

桃子《ももこ》は病院《びょういん》の外《そと》へ出《で》た。

混乱《こんらん》して泣《な》きそうだ。

そのとき、桃子《ももこ》の前《まえ》に人影《ひとかげ》が立《た》った。


「お〜、おったおった」


見《み》ると、赤《あか》いフードを被《かぶ》った少年《しょうねん》が黄色《きいろ》いフードを被《かぶ》った犬《いぬ》を連《つ》れて立《た》っていた。

「いや〜、やっと見《み》つけたで」

「あなたは？」

桃子《ももこ》は少年《しょうねん》にたずねる。

「ちゃうちゃう。こっちこっち」

「えっ？」

声《こえ》がしたのは、少年《しょうねん》の足元《あしもと》……、犬《いぬ》のほうからだった。

「えっ!?」

よく見《み》ると、ただの犬《いぬ》ではない。

フードで頭《あたま》を隠《かく》していたが、そこから見《み》えているのは、人間《にんげん》の男《おとこ》の人《ひと》の顔《かお》だったのだ。

「ひいっ！」

「ちょ、タンマッ！　騒《さわ》いだらあかん！」

犬《いぬ》はピョンピョン跳《は》ねると、あわてて桃子《ももこ》にそう言《い》った。

「まったく。キミがいると物事《ものごと》がややこしくなる」

となりに立《た》つ少年《しょうねん》が呆《あき》れて溜《た》め息《いき》をつく。

「まあまあ、そう言《い》うなって」

犬《いぬ》は桃子《ももこ》のほうを見《み》た。

「俺《おれ》は人面犬《じんめんけん》のジミー。顔《かお》が地味《じみ》だからジミー。それでこっちは千野《せんの》フシギ。まっ、よろしくな」

「な、なんなのあなたたち？」

おびえる桃子《ももこ》に、フシギは口《くち》を開《ひら》いた。

「キミは、金色《きんいろ》の公衆電話《こうしゅうでんわ》の場所《ばしょ》を知《し》っているよね？　どこにあるか教《おし》えてくれるかな」

このフシギという少年《しょうねん》にすべてを打《う》ち明《あ》けたら少《すこ》しは落《お》ち着《つ》くかもしれない。

桃子《ももこ》は、ここ数日《すうじつ》のことを語《かた》り始《はじ》めた。

すると、桃子《ももこ》の話《はなし》を聞《き》き終《お》わったフシギは首《くび》をかしげた。

「つまり、キミは嘘《うそ》をついて、その樹里《じゅり》という子《こ》に普通《ふつう》の10円玉《えんだま》を渡《わた》したんだよね？」

桃子《ももこ》は後《うし》ろめたさを感《かん》じながら「はい」とうなずく。

フシギは「そうか……」とつぶやいた。


「樹里《じゅり》という子《こ》が電話《でんわ》をしたとき、どんな相手《あいて》と話《はな》したか分《わ》かるかい？」


「どんな相手《あいて》？　……あっ！」

桃子《ももこ》は思《おも》い出《だ》した。

「樹里《じゅり》が電話《でんわ》をしたとき、女《おんな》の子《こ》が出《で》たって言《い》ってたの。だけど、私《わたし》が幻《まぼろし》の10円玉《えんだま》を使《つか》って電《でん》話《わ》をしたときは、大人《おとな》の男《おとこ》の声《こえ》だった……」

「やはりそうか……」

フシギは桃子《ももこ》に礼《れい》を言《い》うと無言《むごん》で歩《ある》き始《はじ》めた。

「おおい、ちょっと！」

そんなフシギを、あわててジミーが追《お》う。

「あの……！」

と、フシギを呼《よ》び止《と》めたのは桃子《ももこ》だった。

フシギが振《ふ》り返《かえ》った。

「教《おし》えて。私《わたし》は樹里《じゅり》と、以前《いぜん》のような友達《ともだち》に戻《もど》れるのかな？」

「それは僕《ぼく》にはわからない」

「でも、金色《きんいろ》の公衆電話《こうしゅうでんわ》に樹里《じゅり》と私《わたし》を以前《いぜん》のような友達《ともだち》に戻《もど》して欲《ほ》しいってお願《ねが》いしたら……」

それを聞《き》きフシギは桃子《ももこ》に歩《あゆ》み寄《よ》った。

「キミは友達《ともだち》に嘘《うそ》をついた。いまキミにのしかかっている悩《なや》みは、その代償《だいしょう》なんじゃないかな。

それを金色《きんいろ》の公衆電話《こうしゅうでんわ》に助《たす》けてもらおうなんて虫《むし》が良《よ》すぎる」

そう言《い》うと、フシギはジミーと共《とも》に去《さ》って行《い》った。

桃子《ももこ》はそんな2人《ふたり》を重《おも》い気持《きも》ちで見送《みおく》るしかなかった。


A町《ちょう》。

夕暮《ゆうぐ》れが迫《せま》るなか、ビルとビルのすき間《ま》に、フシギとジミーの姿《すがた》がある。

「なあ、なんでさっきから怖《こわ》い顔《かお》してるんや？」

首《くび》をかしげるジミーをよそに、フシギは持《も》っていた普通《ふつう》の10円玉《えんだま》を公衆電話《こうしゅうでんわ》に入《い》れた。

受話器《じゅわき》から何《なに》も聞《き》こえないのを確認《かくにん》すると、いったん切《き》って待《ま》った。

すると電話《でんわ》が鳴《な》った。

フシギは受話器《じゅわき》を手《て》に取《と》った。

「何《なに》をお願《ねが》いしたいの？」

受話器《じゅわき》の向《む》こうから少女《しょうじょ》の声《こえ》が聞《き》こえる。

「お前《まえ》は自分《じぶん》の望《のぞ》みを叶《かな》えるために、都市伝説《としでんせつ》のルールまで曲《ま》げたな」

フシギは冷《つめ》たい声《こえ》で受話器《じゅわき》に語《かた》りかけた。

本来《ほんらい》、金色《きんいろ》の公衆電話《こうしゅうでんわ》は幻《まぼろし》の10円玉《えんだま》でしか電話《でんわ》が繋《つな》がらないはずだった。

そして、電話《でんわ》に出《で》るのは大人《おとな》の男《おとこ》だった。

だが、いま電話《でんわ》の向《む》こうにいるのは少女《しょうじょ》だ。


「待《ま》ってろ！　必《かなら》ず捕《つか》まえてやるぞ。ヒミツ――」

すると、少女《しょうじょ》は受話器《じゅわき》の向《む》こうで「うふふふ」と笑《わら》った。

「私《わたし》は捕《つか》まえられないわよ、お兄《にい》ちゃん」

電話《でんわ》はそのまま一方的《いっぽうてき》に切《き》れた。

フシギは受話器《じゅわき》を持《も》ったまま苦々《にがにが》しい表情《ひょうじょう》を浮《う》かべていた。

「電話《でんわ》の相手《あいて》ってまさか……」

ジミーが察《さっ》してたずねるが、フシギは何《なに》も答《こた》えなかった。

やがて、フシギは真《ま》っ赤《か》な手帳《てちょう》を取《と》り出《だ》してページを開《ひら》くと、金色《きんいろ》の公衆電話《こうしゅうでんわ》の側面《そくめん》に刻《きざ》まれたマークの上《うえ》にかざした。

そして呪文《じゅもん》を唱《とな》える。


「解《かい》」

次《つぎ》の瞬間《しゅんかん》、マークがキラキラと輝《かがや》き、開《ひら》かれたページに反転《はんてん》して写《うつ》し取《と》られた。

公衆電話《こうしゅうでんわ》の側面《そくめん》に刻《きざ》まれていたマークは消《き》え、電話機《でんわき》の色《いろ》が金色《きんいろ》からどこにでもある緑色《みどりいろ》に変《か》わった。

「行《い》こう。次《つぎ》の町《まち》へ――」

フシギは無表情《むひょうじょう》で真《ま》っ赤《か》な手帳《てちょう》をポケットにしまうと、ジミーとともに、歩《ある》き出《だ》した。

（続《つづく》）

あとがき

『恐怖《きょうふ》コレクター　巻ノ二《かんのに》』を読《よ》んで頂《いただ》き、ありがとうございます。

読《よ》んでみてどうでしたか？　怖《こわ》かったですか？　今《いま》まで以上《いじょう》に都市伝説《としでんせつ》に興味《きょうみ》を持《も》ちましたか？

今回《こんかい》も、６つの町《まち》で起《お》こった６つの都市伝説《としでんせつ》を収録《しゅうろく》しています。

どの物語《ものがたり》も、１巻《かん》よりちょっとだけ怖《こわ》くて、ちょっとだけ不思議《ふしぎ》なお話《はなし》になっています。

【1つ目《め》の町《まち》　チャーリーゲーム】

今《いま》、世界中《せかいじゅう》で流行《はや》っているチャーリーゲームを題材《だいざい》にしました。

チャーリーゲームが本当《ほんとう》にあるのかどうかは誰《だれ》にも分《わ》かりません。だけど、多《おお》くの人《ひと》たちがこのゲームを実際《じっさい》にやって、動画《どうが》にアップしたりしています。

それだけこのゲームには、人《ひと》を惹《ひ》きつける魅力《みりょく》があるのでしょう。

だけど、もしそこに『悪意《あくい》』が潜《ひそ》んでいたとしたら……。

物語《ものがたり》の中《なか》で主人公《しゅじんこう》たちはとんでもないものを呼《よ》び出《だ》してしまいます。ゲームがただの遊《あそ》びではなくなったとしたら、あなたならどうしますか？


【2つ目《め》の町《まち》　ひきこさん】

ひきこさんは、昔《むかし》から語《かた》り継《つ》がれている都市伝説《としでんせつ》の怪物《かいぶつ》です。

不気味《ぶきみ》な女《おんな》の人《ひと》が町《まち》を歩《ある》いていて、それを偶然目撃《ぐうぜんもくげき》して怖《こわ》い目《め》にあってしまう、というお話《はなし》です。

『正体不明《しょうたいふめい》の不気味《ぶきみ》な女《おんな》』と言《い》うのは、都市伝説《としでんせつ》にたびたび登場《とうじょう》します。それだけ見《み》るものに強《つよ》いインパクトを与《あた》えるのでしょうね。

物語《ものがたり》を書《か》いていていちばんゾクッとなったのが、この作品《さくひん》でした。


【3つ目《め》の町《まち》　死《し》のブログ】

あるブログに名前《なまえ》を書《か》かれると、その人《ひと》は必《かなら》ず不幸《ふこう》になってしまう……。数年前《すうねんまえ》、そんなブログが話題《わだい》になりました。

もちろん、書《か》いている本人《ほんにん》には何《なん》の罪《つみ》もありません。たまたまそういう不幸《ふこう》が続《つづ》いただけかもしれません。

しかし、自分《じぶん》の書《か》いているブログがそんな風《ふう》になってしまったら恐《おそ》ろしいことだと思《おも》います。

ネットの中《なか》には、まだまだたくさんの恐怖《きょうふ》が潜《ひそ》んでいるかもしれませんね。

【4つ目《め》の町《まち》　呪《のろ》い雲《ぐも》】

人《ひと》は正体不明《しょうたいふめい》の現象《げんしょう》に恐怖《きょうふ》を感《かん》じます。一昔前《ひとむかしまえ》、田《た》んぼや畑《はたけ》に謎《なぞ》の円形状《えんけいじょう》のミステリーサークルなるものができ、世界中《せかいじゅう》で大騒《おおさわ》ぎになったことがありました。

これはその現代版《げんだいばん》とも言《い》える『ケムトレイル』という謎《なぞ》の雲《くも》を題材《だいざい》にしています。

この雲《くも》は世界各地《せかいかくち》で目撃《もくげき》されていて、なぜそのような形《かたち》になるのかまったく分《わ》かっていないそうです。

もしこの雲《くも》を見《み》かけても、くれぐれも、その下《した》にある町《まち》には行《い》かないようにして下《くだ》さいね。

【5つ目《め》の町《まち》　逃《に》げる男《おとこ》】

この物語《ものがたり》は、ある男《おとこ》が主人公《しゅじんこう》になっています。

その男《おとこ》がなぜ人々《ひとびと》に追《お》われたり、石《いし》を投《な》げられたりするのか、その謎《なぞ》がラスト近《ちか》くで明《あ》かされます。

物語《ものがたり》を作《つく》っていくなかで、フシギには相棒《あいぼう》がいたほうがいいのではという話《はなし》になりました。

だけど普通《ふつう》の人間《にんげん》だと面白《おもしろ》くないので、ちょっと変《か》わった人物《じんぶつ》を相棒《あいぼう》にすることにしました。

これからフシギとこの相棒《あいぼう》がどう交流《こうりゅう》していくのか、それも物語《ものがたり》の楽《たの》しみになっていくと思《おも》います。

【6つ目《め》の町《まち》　金色《きんいろ》の公衆電話《こうしゅうでんわ》】

みなさんは、公衆電話《こうしゅうでんわ》を使《つか》ったことはありますか？　昔《むかし》はどこにでもあったのですが、今《いま》では駅前《えきまえ》にあるぐらいで、ほとんど見《み》かけることがなくなりました。

この物語《ものがたり》はそんな公衆電話《こうしゅうでんわ》にまつわる都市伝説《としでんせつ》を題材《だいざい》にしています。

金色《きんいろ》の公衆電話《こうしゅうでんわ》が実在《じつざい》するのか、ただの噂《うわさ》なのかは分《わ》かりません。しかし誰《だれ》にも分《わ》からないからこそ、みんなが話題《わだい》にするのだと思《おも》います。

本当《ほんとう》なのか嘘《うそ》なのか、真相《しんそう》はそれを調《しら》べたものにしか分《わ》からないのです。

フシギの旅《たび》はまだまだ続《つづ》きます。次巻《じかん》もぜひ読《よ》んでもらえれば嬉《うれ》しいです。

二〇一五年《ねん》　十二月《がつ》

佐東《さとう》　みどり

あとがき

1巻目《かんめ》の「あとがき」で千野《せんの》フシギは我々《われわれ》作《つく》り手《て》が生《う》み出《だ》した存在《そんざい》ではなく元《もと》から存在《そんざい》していた気《き》がすると記《しる》しましたけど、いよいよ「フシギの怖《おそ》ろしい旅《たび》」に、読者《どくしゃ》の皆《みな》さんだけでなく作《つく》り手《て》の我々《われわれ》も巻《ま》き込《こ》まれ始《はじ》めたようです。だから、これからのフシギの運命《うんめい》は我々《われわれ》にも分《わ》かりません。フシギの後《あと》を追《お》って書《か》き記《しる》していくしかありません。

ところで、この巻《かん》の1話目《わめ》で〝チャーリーゲーム〟を行《おこな》った小学生《しょうがくせい》すみれのところにフシギが現《あらわ》れましたが、私《わたし》も小学生《しょうがくせい》のとき、〝コックリさん〟という似《に》た遊《あそ》びをやったことがあります。白《しろ》い紙《かみ》に「いろはにほへとの文字《もじ》」や「神社《じんじゃ》の鳥居《とりい》の絵《え》」を記《しる》して、そこに置《お》いた「10円玉《えんだま》」に2、3人《にん》の友達《ともだち》で人差《ひとさ》し指《ゆび》を軽《かる》く乗《の》せて、ある呪文《じゅもん》を唱《とな》えると10円玉《えんだま》が勝手《かって》に動《うご》いて色々《いろいろ》な質問《しつもん》に答《こた》えてくれるのです。私《わたし》はこれに大変《たいへん》な興味《きょうみ》を持《も》ちクラスの友達《ともだち》を誘《さそ》って私《わたし》の家《いえ》でやってみることにしました。でも、その準備《じゅんび》ややり方《かた》はチャーリーゲームに比《くら》べるとかなり複雑《ふくざつ》でした。しかも、やり方《かた》を間違《まちが》えてしまうと参加《さんか》した誰《だれ》かやその場所《ばしょ》に、低級《ていきゅう》な霊《れい》が取《と》り憑《つ》いてしまうというのです。だから、私《わたし》はこれが正《ただ》しいというやり方《かた》を学校《がっこう》の友達《ともだち》にしっかり教《おし》えてもらってから挑戦《ちょうせん》しました。ところが、すっかり緊張《きんちょう》して大《たい》した質問《しつもん》もせずに終《お》えてしまいました。

さて数日後《すうじつご》、別《べつ》の小学校《しょうがっこう》に通《かよ》う塾《じゅく》の友達《ともだち》にその話《はなし》をすると、なんとコックリさんのやり方《かた》が「いろはにほへと」ではなく「あいうえお」を書《か》くなど色々《いろいろ》と違《ちが》うのです。その友《とも》だちに「呪《のろ》われちゃうぞ」と言《い》われてしまい、それから数日《すうじつ》の間《あいだ》、言《い》い出《だ》しっぺで自分《じぶん》の家《いえ》でやってしまった私《わたし》はひどい不安《ふあん》と共《とも》に過《す》ごすことになりました。

結果的《けっかてき》には私自身《わたしじしん》にも家《いえ》にも特別《とくべつ》に怖《おそ》ろしいことは起《お》きませんでした。

しかし、考《かんが》えてみれば塾《じゅく》の友達《ともだち》が教《おし》えてくれたやり方《かた》が間違《まちが》っていて、自分《じぶん》のやり方《かた》が正《ただ》しかったかも知《し》れないのです。まったくつまらぬ不安《ふあん》を抱《いだ》いてしまいました。こんなことになるなら最初《さいしょ》からやらなければ良《よ》かったと後悔《こうかい》しました。『金色《きんいろ》の公衆電話《こうしゅうでんわ》』の桃子《ももこ》のように……。

でも、もしかしたら何《なに》も起《お》きなかったのは、千野《せんの》フシギが私《わたし》の知《し》らないうちに呪《のろ》いを手帳《てちょう》に写《うつ》し取《と》ってくれていたからかも知《し》れません。だとしたら、私《わたし》が子供《こども》だったときからフシギはいたのでしょうか？　そもそもヒミツはなぜ都市伝説《としでんせつ》を現実《げんじつ》に起《お》こして歩《ある》いているのでしょうか……？

次巻《じかん》をお楽《たの》しみに。

二〇一五年《ねん》　十二月《がつ》

鶴田《つるた》　法男《のりお》

白玉《しろたま》あんこ／写真《しゃしん》

角川つばさ文庫

佐東みどり／作

子どもの頃から怖いこと、不思議なことが大好きで、都市伝説に強い興味を持つ。アニメ『サザエさん』やドラマ『念力家族』などの脚本を担当。小説家として、『知ってはいけない都市伝説』（角川つばさ文庫）などの作品がある。

鶴田法男／作

映画監督・テレビ演出家・作家。高校・大学時代から自主映画を製作。ビデオ映画『ほんとにあった怖い話』（1991年）とその続編がのちのホラー映画に大きな影響を与える。主な作品に、劇場公開映画『リング0　バースデイ』『おろち』、テレビ『ほんとにあった怖い話』など。

よん／絵

新潟県生まれのイラストレーター。イラストを手がけた主な作品に『ナゾカケ』『伝説の魔女』（ポプラポケット文庫）などがある。

角川《かどかわ》つばさ文庫《ぶんこ》

恐《きょう》怖《ふ》コレクター

巻《かん》ノ《の》二《に》　呪《のろ》いの鬼《おに》ごっこ

作《さく》　佐東《さとう》みどり　鶴田法男《つるたのりお》

絵《え》　よん

2015年12月15日　初版発行
2021年９月15日　26版発行

発行者　青柳昌行
発　行　株式会社KADOKAWA
〒102-8177　東京都千代田区富士見 2-13-3
電話　0570-002-301（ナビダイヤル）
印　刷　株式会社暁印刷
製　本　本間製本株式会社
装　丁　ムシカゴグラフィクス

ISBN978-4-04-631527-4　C8293　N.D.C.913　223p　18cm

●お問い合わせ
https://www.kadokawa.co.jp/（「お問い合わせ」へお進みください）
※内容によっては、お答えできない場合があります。
※サポートは日本国内のみとさせていただきます。
※Japanese text only

読者のみなさまからのお便りをお待ちしています。下のあて先まで送ってね。
いただいたお便りは、編集部から著者へおわたしいたします。

〒102-8177　東京都千代田区富士見 2-13-3　角川つばさ文庫編集部